Daniel F. Huddersfield

# *Kein Ende* im Gelände

edition nove

Dieses Buch wurde digital nach dem neuen „book on demand" Verfahren gedruckt. Für den Inhalt und die Korrektur zeichnet der Autor verantwortlich.


Printed in the European Union
ISBN 978-3-85251-342-3

Gedruckt auf umweltfreundlichem, chlor- und säurefrei gebleichtem Papier

www.editionnove.de

*Sagenhaftes* aus Vorarlberg

# *Kein Ende* im Gelände

Ein *Theater* in drei Akten

*Augenzwinkernde* Fortsetzung
der Sage –

“ Das goldene Kegelspiel “

# EINFÜHRUNG

Es begab sich vor vielen, vielen Jahren.

Genauer vor etwas mehr als drei Jahrhunderten.
Damals, als vieles gemächlicher angegangen wurde und bedächtiger vonstatten ging, die Menschen der für ihre Vorhaben nötige Zeit mehr mit Gefühl und weniger mit Bedacht gaben, sich ihrer Tätigkeiten besinnen konnten.
Nicht alles schleunigst erledigt sein mußte.

Selbst, wenn es sich dabei um einen Krieg handelte.

Der dreißig Jahre andauerte.

Es begab sich im hohen Norden des Landes *vor dem mächtigen Gebirge ( der Arlberg ).*
Über und über mit dem wilden Wuchs der Arle gesegnet, bildete es, weit südlich der nachfolgenden Geschehnisse, eine natürliche Grenze und niemand ahnte, was sich hinter seinem verschneiten Gipfel befand.

Denn - ***damals*** folgte das Volk dem Ruf jener Weisheit :
*Was Gott durch einen Berg getrennt, soll vom Menschen nicht durch ein Loch (der Arlbergtunnel ) verbunden sein.*

***Damals.***
Nach erwähntem Krieg.

***Damals*** **- da wußte der Volksmund um folgende Mär :**
( = *sinngemäße Nacherzählung der Sage* )
Oberhalb dem Schloße Hohenbregenz ( *das heutige Burgrestaurant GEBHARDSBERG, oberhalb von BREGENZ gelegen, hieß damals SCHLOß HOHENBREGENZ, gilt als Geburtsstätte des HL. GEBHARD, Schutzpatron der Stadt* ), im Sumpf voll mit Binsen, Fröschen und Molchen, flimmere zur Nachtzeit ein Licht. Immer dann, wenn die Turmglocke zwölf geschlagen hatte, erschien das Licht bald daher, bald dorther aus den Tannen und Buchen. Gar beim Hexenplatz und dem ferneren Örawäldle ward das seltsame Leuchten erkannt. Es brannte dann bis um zwei.

Es begab sich in jenen Tagen, als die Schweden aus Lindavia ( *Lindau* ) nach Lochen ( *Lochau* ) einbrachen. Ihre in vielen Kämpfen, vom rauben und brandschatzen, ermüdeten Beine in der Grafschaft Brigantia ( *keltisch für Bregenz* ) übereinander schlagen wollten, nebenbei die Stadt einnehmen, anschließend für sich beanspruchen.

Dummerweise zeigte die alteingesessene Bürgerschaft ihre ungastliche und egoistische Seite, weil der Tourismus war noch nicht so verbreitet wie heute, und Fremde, die nach einer bestimmten Zeit nicht mehr gehen wollten, besonders Eroberer, deshalb nicht gerne gesehen.

Also setzten sich die Brigantier vehement gegen die bevorstehende *Missionierung* durch die Nordmannen zur Wehr. Einer unter den heimischen Bürgern hielt sich für einen findigen Kopf. Zudem besonders geschäftstüchtig, überlegte nicht lange, wollte den Schweden beweisen,
wie kundig er doch dessen wäre, wie die Schanzen umgangen werden könnten. Bot sich sogleich als Fremdenführer mit Kenntnissen verschlungener Schleichwege an.
Da bekanntermaßen selbst der Tod mit dem Leben abgegolten wird, verlangte der Bürger aus Bregenz selbstverständlich gerechten Lohn für seine Dienste.

Manch einer unter der Bevölkerung nannte es später Verrat. Ein angemessener Lohn jedoch, wurde dem Mann vom nordischen General versprochen.
So genossen die Truppen der Nordmannen die wunderschöne Aussicht - anstelle des direkten Weges - die ihnen gewahr wurde auf dem viel weiteren von Lochau über den Pfänder, bis er auf der anderen Seite hinter Bregenz sein Ziel finden sollte. Bald schon waren die Heerscharen unweit dem Dorfe Torrinpuirron ( *auch Torrenbeuren = Stierhausen, hat sich im Sprachgebrauch durch die Jahre zu Dornbirn gewandelt* ) angelangt. Nun ward fällig der gerechte Lohn für den *Silberlingsempfänger aus Bregenz*. Der General des Nordens jedoch gedachte den *Judas* für dessen *kurvenreiche Dienste* ebenfalls mit einer *Umleitung* zu belohnen. Erwähnte diesem gegenüber, im Sumpfe hinter dem Felsen auf dem Schloßberg, läge vergraben ein goldenes Kegelspiel.
Von den Grafen zu Bregenz während der kriegerischen Auseinandersetzung mit den Appenzellern dermaßen in Sicherheit gebracht. Das könne er ausgraben, in einer jeden Nacht von zwölf bis zwei, mit Pickel und Schaufel und allem an Werkzeug mit dem sich Löcher machen ließ, und es gehörte ihm als rechtmäßiger Taglohn für seine Verdienste um die Schweden. Er solle sich aber beeilen, denn sobald es aber zwei Uhr schlüge, erlösche nicht nur seine Laterne, sondern fiele zudem alles wieder zusammen, und die Schaufel, wie von Zauberhand geführt, dem Schatzgräber aus den Händen. In der anderen Nacht müsse er von Neuem beginnen.
Der habgierige Nestbeschmutzer grub und grub sich durch die gesamte nahe und fernere Umgebung.
Sogar den weit entfernten Wilar ( *Weiler* ) *zu den Eichen droben am Berge* ließ er nicht aus. Somit aus dem Gebiet um den Pfänder, dem Hausberg von Bregenz, fast schon der aus dem Emmentale stammende Käse wurde.
Heutzutage zeigten sich die Bewohner der Region erfreut darüber. Nicht seines wunderbaren Duftes wegen, den die-

ses edle Erzeugnis aus Milch verbreitet. Viel eher der Löcher wegen. Sogleich nämlich würden umgehend mehrere Golfplätze eröffnet.
Dennoch weilte in diesen Tagen nicht eine Seele unter dem Volke, der das Glück hold war, keine konnte dieses Kegelspiel finden. Weil jener, so munkelte das gemeine Volk, dem die güldenen Kegel gehörten, die er als Judaslohn für seinen ruchlosen Verrat - den Verkauf von Bregenz an die Schweden - erhalten habe, sei müde des allnächtlichen buddelns in der Geisterstunde, und schenke das Spiel jenem, der es eines Tages finden sollte.
Das kam drei wackeren und verwegenen Gesellen zu Gehör, worauf sie alsbald den Entschluß faßten, diesem Treiben müsse umgehend Einhalt geboten sein, machten sich fortan selber auf die Suche.

Ihnen wurde dabei *Unglaubliches* gewahr.

# *Kein Ende*
# im Gelände

**Personen der Handlung**

**Berthold** ein *echter Mann* und habgieriger Zimmereimeister in der Midlifecrisis, seine Freunde nennen ihn *Bartel*

**Gismar** Schmied und Nebenerwerbsbauer

**Guntram** ein echter Bauer mit naürlicher Bauernschläue, unliebsames Anhängsel von Berthold und Gismar, mit Kosenamen *Gülle*

**Die Lützler** gewiefte Werbestrategen aus Luxemburg

**Hen´schöyn** ein kleiner Mensch mit großer Bedeutung

**Geist** ein *unsichtbarer* Geist

*Kein Ende*
im Gelände

## 1. Akt

A.D. 1807
Darob dem Tannebache
Dienstag, 06.30, Spätsommer

Mühelos schob eine kräftige Bise die schweren Nebelbänke beiseite, erlaubte bald den Blick auf den wilden See, der mit tosenden Wellen sein dunkelgrünes Wasser ans flache Ostufer peitschte.

Das wilde Geschrei aufgeregter Möwen zeugte davon, dass eines der unzähligen Fischerboote den schmalen Steg im Hafen ansteuerte, die Wasservögel sich gierig auf die Abfälle stürzten, welche im aufgepeitschten Wasser entsorgt wurden.

Letzte Schleier morgendlicher Nebel krochen gemächlich über die steilen Hänge, erklommen rasch den Gipfel des Pfänders, die sich einer schützenden Hand gleichsam um die kleine Stadt am Bodensee schmiegten, kündigten nicht nur einen angenehm warmen Spätsommertag an, gaben ebenso die Sicht auf die spärlichen Höfe angesiedelter Bergbauern frei.

Zeitig am Morgen ( *im Ostteil von Bregenz, wandert die Sonne um zirka neun Uhr über den Rücken des Pfänders* ), lange bevor die Sonne hinter dem Gipfel des Hausberges von Bregenz hervor blinzelte, war Berthold auf den Beinen. Die nach dem Aufstehen gleich aussahen, wie er sie müde vom Tagwerk, am Vorabend ins Bett legte.
Schwarz nämlich, über und über verdreckt vom Wandern auf rußigen und lehmigen Pfaden, denn täglich hieß es vorbei an zwei Kohlengruben, und - weil es vornezu stark regnete im Holz - mitten durch schlammigen Brei, von den Pferden, wenn sie die langen Stämme der gefällten Bäume lautstark schnaubend hinter sich herzogen, dabei bis zum Fers einsanken, ihre schweren Hufe tiefe Löcher schaufelten um freizukommen. Und deshalb, weil die lederne Fußbekleidung des Zimmermanns dringend dem Gerber bedurfte. Der allerdings, der weilte zur Zeit auf Wanderschaft. In Bertholds neidvollen Gedanken klangen sie noch

lange nach, jene gewichtigen Worte, mit denen der Ledermacher bei seinem Abschied vor einem Jahr alle am Stammtisch Versammelten wissen ließ :

" Mein Säckel soll angefüllt sein mit dem Geld des Schwaben, mein Kopf mit seinem Wissen. "

Ächzend reckte Berthold seine müden Glieder, schleppte seinen ausgelaugten Körper aus dem Schlafgemach, warf sich stöhnend an den reichlich gedeckten Frühstückstisch, mit allerlei Köstlichkeiten, die sein getreues Weib, die Brunhilde, zeitig, lange vor Tagesanbruch für ihn bereitet und angerichtet, einen anderen Teil als Mittagsbrot zugedacht und in seinem Rucksack verstaut hatte.

Hastig ward das *karge* Mahl verzehrt, das aus einem Laib selbstgebackenen Brotes, einem weiteren von dem würzigen Käse aus der Sennerei hinter dem Pfändergipfel und feinem abgehangenen Speck aus dem *tirolischen* bestand, sowie sechs Eiern, die wie große Kulleraugen aus der schweren Eisenpfanne in sein mürrisches Antlitz glotzten. Den Abschluß krönte ein langer Schluck des vollmundigen *Selbstgebrannten*.
Schon fühlte er sich einigermaßen gestärkt, für die bevorstehende *Schlacht* im dunklen Unterholz. Dort drin hieß es auch heute wieder, einen Baum nach dem anderen fällen, Äste schneiden, hernach die Rinde vom Stamm schälen, ihn im rechten Maß stutzen, kurzum - das Holz bereiten für die Sägerei im nahen Hoven.

Während seine Angetraute scheu zu Berthold aufblickte, sich gütlich tat und *üppig* labte am zweiten Becher der noch Kuh warmen Ziegenmilch, brach dieser bereits auf.
Winkte seiner Brunhilde zum Abschied und vergaß nicht, sie mit liebevollen Wünschen bedenken, Worten wie :
" Hüte mir das Haus, die neun Ziegen und ihre drei Kitze,

die zweiundsechzig Hühner - apropos - auch die Kinder - versorge gut ... mit dem was übrig bleibt, sowie du dies erledigt wissest, bring die gesamte Heuernte ein, es möchte zu später Stund vielleicht ein Gewitter aufziehen ... trag gefälligst Sorge zum Kräutergarten, der hätt einer kundigen Hand längst wieder nötig, am Nachmittag ist's an der Zeit für sämtliche Äcker draußen am Land, mit der Egge muß dahinter gegangen werden, anschließend wartet die Pflanzung der Erdäpfel, der Rübe und dem Weizen."

*Kleinigkeiten* eben, wie sie eine *jede* brave Hausfrau und fürsorgliche Mutter *im Handumdrehen* erledigt.

*Und damit ihr der Tag nicht zu lange werde !*

Bis Berthold am Abend total erschöpft heim kam, sich am gedeckten Tisch die Beine lang machen konnte. Auf die Brunhilde konnte er sich immer und jederzeit verlassen, sie erwies sich allzeit als braves Weib.
Die Augen geschlossen, die Nase in die Höhe gestreckt, sog Berthold genüßlich die angenehme Luft - würzig angereichert vom Aroma frisch gemähten Grases, dem zarten, nußigen Duft trockener Blätter untermalt, den Schmauch kalter Kohle des wenige Meter entfernten Meilers mit sich trug und der allerorts anhing, unterhoben die kaum spürbare Bise stinkender Algen und faulender Fischabfälle die unablässig vom Hafen herauf wehte, garniert mit dem wilden Geschrei der Möwen, gleichermaßen als Komposition des nahenden Herbstes serviert - in die von keinem Straßenverkehr verdorbenen Lungen.
Jener feine Staub, den Mägde wie Knechte beim aufwarfen des Heues und anschließendem Abtransport mit ihren Gespannen aufwirbelten, konnte ihm nämlich nichts anhaben. Für *leichte* Tätigkeiten war bekanntermaßen die Brunhilde zuständig. Und die gefallenen Äpfel rund um die Bäume an der Straße, die von Bregenz ins Schwäbische

führte, lasen fleißige Kinderhände vom Boden auf, schleppten schwer an den Weidenkörben gefüllt mit dem Obst. Lagerten die Früchte im finsteren Keller in Kisten ein, voll mit feuchten Sand. Damit die Äpfel nicht verfielen. Bis der *große* Mann mit *den Fingern die Krankheiten besiegten,* vorbeikam und sie mit sich nahm.
In einem *großen* Sack.
Auf seinem *großen* silbernen Kutschwagen.
Davor zwei *große* Rosse mit ... braunen Augen.
Die wenigen Pferde, die den Kutschen vorgespannt die Durchzugsstraße passierten, wirbelten hingegen jedoch kaum Staub auf. Allein die Kühe stellten ein schwerwiegendes Problem dar, erzeugten nämlich *die gefährlichen Winde.*
Die Ratsherren von Bregenz zeigten sich weise und vorausschauend, vermuteten dem herrlichen Klima der Region widerfahre wegen *dieser gefährlichen Winde* in ein paar hundert Jahren gewaltiger Schaden, kämen den Menschen schlimme Krankheiten anheim.
Ein von ihm selbst ausgearbeiteter Beschluß lag dem Hohen Rat bereits vor, nach dessen Wortlaut die Rindviecher von nun an nur noch in den Höhlen gehalten werden durften, welche jene geschaffen hatten, die unermüdlich nach dem Kegelspiel gruben.

Ein weiterer Beschluß sah die Unterbringung der *unheilvollen* Tiere in dem stillgelegten Kohlenmeiler oberhalb des Klushügels vor. In jener Grube würde ein Kamin eingebaut, der oben auf dem Gipfel des Pfänders heraus lugen musste. Die starken Bisen aus dem Osten würden die bedenklichen, die *gefährlichen Winde* dann schon in die Schweiz blasen. Auf *keinen Fall* aber ins Schwäbische Allgäu !
Die *Fabriksherren* dort, die jahraus jahrein Holz von der Sägerei und Eisen von der Bregenzer Hütte kauften, müßten unvergrämt bleiben. Auch sollten die Menschen dortenthalben nicht betroffen sein.
Alemanne *hier* wollte gut Freund bleiben mit Alemanne *auf*

*der anderen Seite des Sees.* Ihm weiterhin feinen Schnaps, Bier und Käse, Holz und Kohle anliefern.

Ein strenger Geruch verriet Berthold, dass sein Nachbar der Guntram auf den steilen Feldern am Hang des Pfänders, zu dieser frühen Stunde bereits, bäuerliche Arbeiten verrichtete. Der, von seinen Freunden *liebevoll* Gülle gerufen, ebengleiche auf seinen Felder verspritzte, die von den Kühen sowie der Familie des Bergbauern stammte, den langen Winter über in der Jauchegrube lagerte. Ihr unverwechselbares Aroma hängte sich überall an.
Der strenge Geruch allerdings rührte von Guntram selbst her. Für Berthold war er unverkennbar.

Den schweren Rucksack auf dem Buckel geschnürt, die Axt fachmännisch aufgeschultert, dermaßen froh gesinnt begrüßte Berthold den taufrischen Wald, der mit jedem weiteren Schritt mehr seiner dunklen Seite zeigte.
Der gedrungene Mann, gezwungenermaßen im Nebenerwerb Bauer, hatte sich für diesen Tag einiges vorgenommen. Seiner erlernten Berufung nachzukommen, der des Zimmermanns, schien im Augenblick unmöglich, da zurzeit kein Bedarf am Hausbau bestand, denn gleich nach dem Ende des Krieges gegen die Schweden ging der Wiederaufbau flott vonstatten, und weil es einfach zuwenig brannte. Und darum kein einziger Mensch nach dem Zimmerer rief.

Zudem hielt in der Region zurzeit ein neumodischer Trend unaufhaltsam seinen Einzug - die Schwaben mit ihrem Lockruf *schaffe schaffe Hüsle baue, und it nooch de Mädle schaue ( arbeiten, arbeiten Häuschen bauen, und nicht den Mädchen hinterher schauen. Eine Version der Vorarlberger lautet heute noch : schaffa spära, husa, Katz varkofa, sealbar musa - arbeiten, sparen, sich ums Haus kümmern, die Katze verkaufen, die Mäuse selber fangen )* ... brachten jene auf den Plan, die sich neuerdings *Bastler* oder *Selbermacher* nannten. Dem nicht genug - Berthold wurde angst und bang - dachte er nur an

jene Folgen, welche diesem Gerücht hintan
hängen konnten - da solle im Allgäu eine Fabrik ihre Pforten sperrangelweit geöffnet haben, die Werkzeuge und Material feilhielt, mit schnellen Tipps und genauesten Anweisungen nicht hinterm Berge hielt, wie ein jeder selbst Hand anlegen konnte. Hatte er nun das Handwerk erlernt oder nicht, war er - Knecht oder Bauer - fähig von Stund an selbst die Kunst des zimmerns für den Schacht am Fallklo auszuüben, wußte um die Geheimnisse des mauerns eines Kaminschlotes oder eine Magd sich im schindeln an Wand und Dach kundig zeigte und die Amme Räder am Karren wechselte.

Eine noch unbestimmte Zahl an Bäumen sollte heute fallen. Danach gehörten sämtliche Äste mit der kurzen Bogensäge abgeschnitten und mit der Zweimannsäge die geschälten Stämme zum gleichen Maß portioniert.
Den erwarteten Profit teilte der gewiefte Zimmermann mit angeborener Bauernschläue in Gedanken stündlich aufs Neue ein, immer wieder wurden Änderungen gemacht.
Gestern noch Unvorhergesehenes kam heute hinzu, Unnützes galt es kurzerhand zu streichen.

*Denn, wozu eigentlich sollte er seinem Weib den langgehegten Wunsch erfüllen und ihr ein seidenes, blaues Halstuch kaufen ?*

*Der Salbei wuchs zuhauf wild um Haus, sollten sie wieder einmal Halsschmerzen plagen.*
*Und der alte Waschzuber ?*
*Der tat es noch allemal.*
Selbst wenn er an allen Ecken und Enden Wasser verlor.
Das ohnehin die Brunhilde besorgte. Mühevoll von der Quelle anschleppte. Die einige hundert Meter vom Haus entfernt munter aus dem Felsen sprudelte.
Bergaufwärts gelegen.
Die Wäsche aus Wassermangel beim schrubben schon hin

und wieder staubte, die Kinder beim baden anstatt sauber wurden, sich Sprieße am ganzen Körper im trockenen Zuber einfingen.
*Und überhaupt - im Sommer benötigen die Kleinen keinerlei an Fetzen am Leib. Rennt man nackt durch die Gegend, hält das die Haut jung und gesund.*

*Nein !*
*Und nochmals Nein !*
Denn :

Der Weinbestand im Keller näherte sich allmählich bedrohlich dem Strich der Neige.
Und - Bertholds liebgewonnene Beschäftigung schien bedroht - jene an jedem Sonntagnachmittag - überaus wichtigen *Erkundungen* im nahen Bregenz, sowie der anschließende unterhaltsame Segeltörn mit den *fremden Frauen vom Allgäu* auf dem Brigantius Lakus ( *oder Lago di Constanza = Konstanzer See, Schwäbisches Meer, oder schlicht und einfach - Bodensee* ) ... verschlangen manch vom ... von ... von wo eigentlich ?... abgesparten Kreuzer. Zudem benötigte die stumpfe Axt einen neuen Schliff und mußte zum Schmied.
Damals gab es noch keine Baumärkte, deshalb kaum weiters verwunderlich, dass der Schmied weder billig
noch seine Leistungen günstig waren. Selbst dann, wenn er sich Bertholds Freund nannte, wußte er um seinen Wert und gab es nicht Sommer - noch Winterrabatt, denn der Schmied konnte ebenfalls am Sonntagnachmittag auf der Seepromenade angetroffen werden.

Die nach Bertholds Ansicht ohnehin unnütze Halszierde für Brunhilde plante er vom nächsten Holzverkauf ein.
Die frohe Gesinnung im Herzen wissend, stapfte der kleine Zimmermann tapfer dahin.
Bis nach einer Stunde der Weg zu Ende und der Berthold stark schwitzend tief im hintersten Holz anlangt war. Da

hieß es erst einmal den Rucksack abgeschnürt, die schartige Axt beiseite gelegt. Ein letzter trocken gebliebener Zipfel des völlig durchnäßten Hemdes bahnte sich durch wenige Haare und fuhr über Bertholds Gesicht. Danach bedeckte wieder der einstmals für den sonntäglichen Kirchgang bestimmte Hut seinen Kopf. Zitternd wühlten zwei Hände im Rucksack, fanden schließlich, wonach sie suchten. Eine bauchige Flasche fand den Weg ans Tageslicht, deren Anblick den Puls in die Höhe trieb, nach einem ersten genußvollen Schluck sich in Bertholds Antlitz das zauberhafte Farbenspiel des Regenbogens nach einem Gewitter über dem Bodensee wiederholte.
Der Schmerz verzerrte das von unzähligen heißen Sommern und rauhen Wintern gezeichnete Angesicht Bertholds, Sterne tanzten ihren Reigen vor seinen Augen, deshalb lehnte er bald schon am glatten Stamm der alten Buche, jeden weiteren Tropfen des feinen Brandes genießend, der aus edlen Birnen vom Klosterschlößchen zu Gwiggen stammte.
Zu jener Zeit im Jahr ward der Pachtzins fällig, fand das Obst seinen Weg meist selbst zur Erde, fleißige Kinderhände lasen es, *bekanntermaßen*, hernach schleunigst auf, da *pilgerte* der Berthold mit seinen beiden Freunden, dem Guntram und dem Gismar - nein, es ist nicht Sonntagnachmittag in Bregenz - in den schönen Weiler, der sich in die leicht anhebende Landschaft schmiegt.

Oberhalb der Gemeinde Herbrandeswilar ( *Hörbranz* ) gelegen, im Herzen des Tales, wo die Leiblach ihre Spur durch den wunderschönen Landstrich zieht, der schmale Fluss sein in vielen Jahrhunderten gegrabenes Bett harmonisch in saftige Felder fügt, kurze Waldstücke streift, gar eine Weile darin verborgen bleibt, den weiteren Verlauf hinter ihrem Rücken findet, schlußendlich in den Bodensee mündet. Dieser leichten Erhöhung verdankt jene Gegend um das Schlößchen Gwiggen ( *heute Kloster Gwiggen* ) herum, und der anheimelnd wirkenden Ansammlung weniger Bauernhöfe und einer Kirche in deren Mitte gelegen, ihren Namen - Hohenweiler *( damals Hohinwilari ).*

Mit dem knarrenden Kutschwagen, bis zum vergangenen Herbst noch die abgeschundene Mähre Gundula vorgespannt - die heute als Hartwurst und zu saftigem Speck verarbeitet in Bertholds *bestens sortierter* Vorratskammer abhängt - konnte *man* gut zwei Stunden unterwegs sein, nahm *man* es gemütlich, gar einen halben Tag. Die drei munteren Gesellen jedoch nahmen es immerzu gemütlich.
So erschien es kaum verwunderlich, fanden der Zimmermann Berthold, der Bergbauer Guntram, und Gismar, der Schmied nach so einem Ausritt meist erst nach einer Woche wieder nach Hause.

*Adhja ... so ein Ausritt war wieder einmal was Schönes !*
*Oder nur raus aufs Land.*
*Neues erleben.*
*Adhja !*

" Vielerorts spotten sie über mich und sagen :

*Holzwurm, was pflegst du täglich deine Schwielen an den rauhen Händen, mühst du dich mit krummem Rücken und der Gicht im Knie an jedem Tag im Wald, wo das Holz doch ganz von selbst arbeitet.*

Sei ihrem Hohn damit Genüge getan und soll das Gestrüpp von Stund an selbst dazu sehen, wie es umfällt, sich der nasse Stamm selber lagert, den Zeitpunkt errät, wann er zum Bett oder Kasten ohne Bläue wandelt, weil wenn der Holzwurm nicht sein erlerntes Handwerk ausrichten darf, und kein Dachstuhl mehr gebraucht wird, ist für den Zimmermann, den sie Holzwurm heißen, kein Platz mehr auf dieser Welt." Schrie Berthold aus Leibeskräften ins Dunkel des Waldes, platzierte sein schweres Gemüt vor-

sichtig auf dem unbequemen Wurzelstock.
" Dann ist er in der Tat ein Wurm, soll fortan als Grottenolm sein Heim finden in den ausgemergelten Stollen am Pfänderrücken, sich verkriechen in ihren feuchten Gängen und modrigen Höhlen."

Er dachte und schrie sein ohnehin schweres Gemüt zusehends in tiefe Lethargie, die Melancholie des Herbstes schwang mit, kräftiges Selbstmitleid kam hinzu, das dem Manne in der Mitte seines Lebens angekommen vorbehalten war, trug einen wesentlichen Anteil bei, machten schlußendlich aus dem *verantwortungsbewußten Familienvater und Ehemann* ein seelisches Wrack.
Berthold erkannte schnell, so konnte sein Lebtag nicht fortgeführt werden - vorgestern, gestern heut und morgen und übermorgen wieder und allzeit und immerzu ins feuchte Holz, während das Leben mit den Schritten eines Riesen an ihm vorbei zog - und beschloß deshalb, von Stund an nicht mehr arbeiten zu wollen.
Es mußte etwas geschehen oder er selbst mußte eine Änderung herbeiführen, denn seit mehr als fünf Wochen hielt ihn dies Tagwerk vom gewohnten Lauf des Lebens fern - im Sommer wollte das Heu eingebracht, die Kartoffeln ausgestreut und der Mais angepflanzt sein.

Von seiner Frau !

Hernach wartete Jahraus Jahrein der Herbst mit leeren Säcken, die sich erst zufrieden zeigten, lagerten sie gefüllt mit den Rüben, den Karotten, den Zwiebeln, den Äpfeln in der Scheune.
Tagwerk, das die Kinder erledigten !

All das mit ansehen zu müssen, war der arme Berthold des langen überdrüssig, zudem reichten die wenigen Einnahmen aus Obst und Schnapsverkauf und Viehhandel gerade aus, um dem Nötigsten gewahr zu sein, denn allein das hielt den *armen*, geldgierigen Zimmermann bei Laune - die Sonntage in Bregenz.

So begab es sich in schicksalsschwangerer Stunde, dass ein fleißiger und fürsorglicher Vater von drei gesunden Mädchen und Ehemann einer liebenden Frau anstelle der Axt, mit der er bisher fleißig umzugehen wußte, die bauchige Flasche in die rechte nahm und mit langen Schlucken des *würzigen* Getränkes seine verletzte Seele beruhigte.

Über Berthold färbten derweil schwere Wolken den blauen Himmel wie das Pech, das Berthold zum Schutze gegen die Unbilden des Wetters, an einem jeden Herbst an die Scheune strich, nahmen das zarte Blau am Firmament bald vollends in ihren Besitz.

Kaum hatte der Zimmermann sich kräftig wie lautstark ausgelassen über einen Sommer, der viel eher dem warmen Winter vor zehn und allen nachfolgenden Jahren glich, die Schuld dafür den Ratsherren von Bregenz in ihre blank polierten Hirschlederschuhe schob, da prasselte der kalte Regen unbarmherzig auf Berthold und die Erde nieder, bildete bald zuhauf schlammige kleine Pfützen, gab den arglistigen Rinnsalen vergangener Tage neue Nahrung.
Schwere Tropfen fanden keinen Platz darin, sprangen übermütig heraus und hüpften erneut hinein. Berthold beobachtete das vergnügte Spiel des Wassers, sah ihm eine geraume Weile über zu, fand von Sekund an seinen Spaß daran.
Bald schon tat er es den Regentropfen gleich, hüpfte verspielt in den Pfützen herum. Brauner Schlamm plätscherte weit über sein Haupt hinweg, bedeckte des Bertholds schütteres Haar, landete im Ohr links und rechts, der krummen Nase wohlgesonnen, da drin konnt´ der Lehm sich bestens verbergen.
Das wiederum fand der Berthold noch komischer.
Des kindlichen herumtollens überdrüssig geworden, setzte

er sich mit schwerem Atem auf die Wurzel. Vom vielen lachen heiße und rote Wangen, über und über mit Schlamm bedeckt, saß er da und kicherte. Freute sich des Lebens und der in ihm erwachten Geister.
So sehr amüsiert hatte sich Berthold lange nicht mehr.
Von gewissen Sonntagnachmittagen in Bregenz einmal abgesehen - heute jedoch ist *wochentags*.

Der Zimmermann fragte sich, ob das nicht allenthalben für Körper und Seele besser sein mochte, als schuften und schwitzen an jedem neuen Tag.
Aus Zeiten des sonntäglichen Kirchganges wußte er, das Brot müsse er sich im Schweiße seines Angesichtes erarbeiten, nicht aber den Schinken, den Käse, die Eier seiner legefleißigen Hühner, den herrlichen Doppelbrand in Händen.

Wie er so seinen Gedanken nachhing, vom Getränk der zweimal gebrannten und in Buchenfässern gelagerten Birnen benebelt, spürte er, wie etwas zart seine Schulter berührte. Erstaunt blickte Berthold erst nach oben, dachte, einige Tropfen vom Regen sprängen von den Bäumen direkt auf ihn hernieder.
In dieser Annahme allerdings sah er sich bald arg getäuscht, weilte doch ein Männlein stehend hinter ihm.
Keine Regung fuhr durch des Zimmermanns gedämpfte Sinne, auch erschrak er nicht, musterte vielmehr die Erscheinung, von der Größe, die er selbst im sitzen einnahm. Putzig das Antlitz, kindlich die Statur.
Einfach alles an ihm machte des Holzarbeiters sonst schweres Gemüt plötzlich leicht wie die Federn der Tauben im Schlag vor dem Kuhstall, den Bauch weich wie das Mus des Apfels, dessen Bereitung die Brunhilde vorzüglich verstand. Der Berthold hielt ihn fest, damit er ihn nicht verlöre, seinen Ranzen, dermaßen schallend brach das Gelächter aus seiner Kehle, hallte selbst von den höchsten Tannenwipfeln

wider, machte, dass die prall mit reifen Brombeeren gefüllten Sträucher wie geführt von Menschenhand kräftig durchgeschüttelt wurden, ließ gar heftig die Blätter des Haselstrauches erzittern, frühe Früchte aus seinem stacheligen Gestrüpp das Moos verzieren, denn dieser *Dreikäsehoch* stand einfach da. Frech, seiner selbst mehr als sicher, mit weitem Beinkleid, einer Jacke, die selbst dem Guntram unpassend groß gewesen wäre, weil sein Kopf bekanntermaßen den mächtigen Schultern eines ausgewachsenen Ochsen ruhte.
Das Haupt zierte eine rote Mütze, deren Zipfel der gedrungenen Gestalt in die Augen fiel.
" Hallo ! " krächzte der Kleine mit grausam hoher Stimme, die Glas zum bersten bringen konnte, ließ in Berthold das Grauen erwachen, ihm sogleich eine Gänsehaut am ganzen Körper wachsen. Der kleine Mann lächelte freundlich, jedoch Berthold amüsierte sich über ihn. Denn :
Er sah ihnen zu verwechseln ähnlich, den dicken Strichen und unförmigen Kreisen - die Guntram gerne auf ein Stück Leinen kritzelte und Gismar sie mit Schweineblut ausmalte, wenn die drei gemütlich beim frisch gebrauten Bier beieinander saßen - und die oftmals einen Menschen darstellen sollten.

Der Waldarbeiter fand die neben ihm weilende Karikatur eines Mannes mit ihrem niedlichen Aussehen über alle Maßen komisch, wußte erst lange nicht, wie er sich beruhigen sollte.
Noch während Berthold seiner Heiterkeit ausgelassen nachhing, richtete er das Wort an - das *niedere Gestrüpp, das am Waldrand wucherte* - mit welchem er das Wesen vor seinen Augen verglich.

„ Ha ... ha ... ha ... haiiiioooo ... chlaineer Maaannn. Ww ... waa... waa ... was machssss ... ssssuuu so aaalllaine hiiiier ssraussen ...? Hat ssich sseine Muddi ffffffvergässssänn ?

" ( *Hallo kleiner Mann. Was machst du so alleine hier draußen ? Hat Dich deine Mutti vergessen ?* )

" Bin alle Tage hier draußen. Ist meine Heimat. Beschütze meine Freunde ... die ...."

" Deeeiiinne FFF ... FFFrooooiinne??? Chaaaaan kaineen enss ... ensss ... ecken. Wie sssehen sssie ssen aus, deeeiii-ne FFrooiinne ?

Iss da vvvvielleich `n Blinder, eeeiin Mö ... Möncchhhh ... sssser Brrruuudddder Tuck unnn ssssiiiie Oma daaaweeeii, die im ss ... tiiiieeefen Walde wwwohnt.

Brrrrrriiiingssst dduuuu iiihr Fffffeeeeinnnnen Weeeiin und Chuuuuchen ? Oo-oddddder sssssuchsssssuuu ssechss ch - ch - choollllegen iinnnn ddddeinneeeerrr Grööße ?" ( *Deine Freunde ? Kann keinen entdecken. Wie sehen sie denn aus, deine Freunde ? Ist da vielleicht ein Blinder, ein alter Mönch, der Bruder Tuck und die Oma dabei, die im tiefen Walde wohnt. Bringst du ihr feinen Wein und Kuchen ? Oder suchst du sechs Kollegen in deiner Größe ?* )

Berthold drehte und wendete sich, seine Arme schlenkerten am Körper, gleich leblosen Anhängseln. Allen Ernstes und erhobenem Zeigefinger, dabei gestrengem Blick, zeigte die nieder gewachsene Gestalt erst nach allen Seiten, dann nach oben, als sie freundlich erwiderte :

" Die Bäume ... die Bäume, das sind meine Freunde. *Kleiner Mann* will ich nicht geheißen sein, denn auf *Zwerg* höre ich."

Berthold lachte boshaft, arg nach Luft ringend, leuchtend der Kopf in sattem rot das Gesicht, lag sein Blick auf dem zwergenhaften Wesen.

Freundliches Geschau traf Bertholds schadenfrohes Antlitz, blieb in seinen Augen hängen. Da plötzlich wurde dem Zimmermann heiß am ganzen Körper und leicht im Kopf, völlig klar seine Gedanken. Der Zwerg grinste selbst dann noch, als Berthold unentwegt mit seinen Gemeinheiten fort-setzte.

" Wen wundert´s bei deinem Aussehen, dass du allein die Bäume Freunde nennen kannst, Robin. Robin ? Wie komme ich auf Robin ? Einen dieses Namens kenn' ich überhaupt nicht."

" Jegliche Gestalt kann Freund geheißen sein. Gar unter die *Großen* gesellt sich mitunter einer, der in seinem Herzen wertvoll ist, angefüllt durch Sorg und Plag sein Gemüt leider verändert wird. " Entgegnete der Zwerg in ruhiger Art. Berthold überlegte, was der damit wohl gemeint haben könnte.
" Einen elendigen Giftzwerg seinen Freund heißen ? Na, ich weiß nicht. Der Volksmund weiß allerhand zu berichten ...."
" Schenket nicht einem jeden Wort Euer Gehör, Bartel." zeigte sich der Zwerg weiterhin umgänglich. Berthold fand ihn von Stund an sympathisch.
Seine Gemeinheiten ihm gegenüber aber behielt er bei.
" Du nennst mich bei meinem Taufnamen ! Woher kennst du mich ? " Der Zimmermann stutzte, setzte die bauchige Flasche an, nahm einen langen Schluck, sogleich spie er ihn weit von sich. " Puuuäääh, Pfuideibelaberauch - was ist *das* ? "
Der zweite Schluck bestätigte seinen Verdacht.
" Wasser !!! Wie kommt es plötzlich, dass in meiner Flasche zuerst edelster Birnenbrand drin ist und miteinemmal nur noch Wasser, das zum waschen da ist und die seelenlosen Kühe trinken ?"
Bertholds ungläubiger Blick fixierte das Gefäß in seiner Hand, wanderte in Richtung des höhnisch grinsenden Waldwesens, von der Größe eines Fasses, das zwanzig Liter fassen konnte.
" Eines sei Euch allzeit gewahr, edler Herr - ist der Inhalt dieses Behälters in der Tat *nur* Wasser, so zählt er trotzdem zu den ungelüfteten Geheimnissen unseres Schöpfers und ist ein besonderer Schatz, dessen unschätzbarer Wert sich von Jahr zu Jahr steigert. Wird genannt - *die Flüssigkeit, aus der das Leben besteht.* "
" Sag endlich ... " schrie Berthold außer sich, " ... wie es kommt, dass *die Flüssigkeit, aus der das Leben besteht,* sich in dieser Flasche befindet anstelle des herrlichen Birnenbrandes ?

Kannst du mir das verraten, du *zu heiß gewaschener* Riese du ?"
" Kennte einjeder all die Geheimnisse unseres Schöpfers, was bliebe von der Neugier ?" erwiderte der Zwerg mit ruhiger Stimme, gab er sich geheimnisvoll.
Da Berthold noch immer auf seiner Wurzel saß, der Kleinwüchsige vor ihm stand, konnten sich die beiden geradewegs in die Augen sehen.
Behutsam näherte sich des Zimmermanns Antlitz dem des verschmitzt dreinblickenden Wesens. Zischelnd kamen die Laute über seine Lippen, mit der er die Frage an den kleinen Menschen richtete : " Sag an, Zwerg, du treibst mit mir nicht etwa argen Mummenschanz? "
Es sah aus, als verscheuchten Kinderhände eine Schar lästiger Mücken, als Bertholds Gegenüber die ihn des Schabernacks verdächtigenden Worte heftigst abwehrte.
Ein verschmitztes Lächeln spielte vorneweg leidenschaftlich um den Mund, schlich die Nase hoch, blieb in den Augen des kleinwüchsigen Menschen haften. Es erinnerte an den Singsang der Kinder, als der Zwerg antwortete :
" *Meinethalben ?* Keinesfalls ! Wie kommt Ihr auf so einen Einfall ? Wie sollte das von meinethalben angestellt worden sein ? Sagt an, edler Herr, sagt an, denn selbst den Zwerg juckts hin und wieder unterm Käppi aus lauter Neugierde."
Ruckartig zog Berthold seinen Kopf zurück, ließ die *aus seiner Mädchen Märchenbuch gefallene Witzfigur,* wie er den Zwerg mittlerweile in Gedanken nannte, nach wie vor keine Sekunde aus den Augen, bannte ihn förmlich an den mit Millionen brauner Nadeln der Tannen übersäten Waldboden.
" Du hältst mit deiner Weisheit hinterm Rücken des Pfänders, woher du mich kennst, Zwerg."
Bertholds Augen folgten dessen erhobenem Zeigefinger, der erst einige schnelle Kreise zog, danach in Richtung Himmel zeigte, wo er schließlich in der Bewegung stecken blieb.
" Sagt niemals achtlos *Zwerg,* denn ein jeder heißt ihn *Hen´schöyn* und einjeder dem er vor sein Antlitz trat, achtete

ihn fortan oder er haßte ihn selbst nach dem Tod, den *Bewahrer des letzten Geheimnisses."*

*Ungesund das satte Purpur, das sich schnell vom Halse aufwärts schlich, markante Züge einstiger Lebensfreude verstärkend unterstrich, sich sammelte in tiefen Gräben langen Kummers, an Augen haften blieb, die aus ihren Höhlen gar zu fallen drohten, lauerte hinter grausam schallendem Gelächter, wie zum Hohn, unschuldig wirkend, als stille Dekoration.*

Weniger poetisch ausgedrückt, bedeutet das :
Bertholds Gesicht wechselte augenblicklich die Farbe in ungesundes Tomatenrot, die Augen quollen beinahe aus ihren Höhlen, das grausame Lachen, das hin und wieder an das Gemecker einer Ziege erinnerte, ließ Tannen angstvoll zittern, erschütterte den Waldboden.
Lange Minuten dauerte es, schlußendlich beruhigte sich der Zimmermann, allerdings nur recht schwer.
" Verzeih mir He ... he ... hehe ... hehehe ... aaa-aa-ha-haaaaa ... Hen ... sche ..., daß ich mich dermaßen köstlich amüsiere. Es ist deinethalben - dein Name ... Hen ... aaahaaaa-haaa .... aaau-uaauaa-uauaa mein Bauch ... ist gleichermaßen für mich lachhaft wie fremd, denn eine *Henne* fresse ich und *schön* ist mein Weib, aaha-haha aa ... aaber beides gemeinsam ... ha-haha. Lachen ist etwas Wunderbares - dein dämlich Antlitz gibt mir Kraft für jeden Tag in allen Jahren, die noch kommen, aber verrate mir, wer hat dir *das* angetan? Das mit dem Namen."
Der Zwerg Hen´schöyn ließ sich durch das beleidigende Gespött Bertholds keineswegs aus seiner Ruhe bringen. Belehrend erhoben sein Zeigefinger, als er sprach :
" Es gedeiht nicht Kraut auf dieser Welt, wandelt nicht die Hagazuss´ und nicht der Deibel bald als Held, und lebt an keinem Ort die Seel´, die dem Hen´schöyn Unrecht, gar Argwohn oder Schaden will."
" Kurzer Riese, halt ein mit deinen leeren Beschwörungen, das kann mein Weib tausendmal besser, hör mir lieber zu -

ich spreche von deinem Namen, nicht von Verletzungen ... obwohl, wenn ich mir das so überlege, grenzt es bereits an schwerste Mißhandlung und Gefährdung von Leib und Leben, *das da ... das mit Henne und schön.*
Würde mich einer auch nur ein einziges Mal rufen mit diesem Geräusch, ich ... ich würde das Leben sogleich beenden, jedoch keinesfalls mein eigenes, das des Rufers natürlich. ??? War ich das soeben ? " wunderte sich Berthold über seine gewandelte Ausdrucksweise.
" Es sprach unser Herr - dir geschehe nach deinem Glauben ! Wisset edler Junker, noch vor Anbeginn des neuen Lebens, wurde dieser bedeutsame Name - Hen´schöyn - an den wachsenden Körper gehaftet. "
" Junge, was führst du für ein geschwollenes Mundwerk. Sag doch einfach, ein dahergelaufener Habenichts strafte dich mit diesem furchtbaren Geräusch." Berthold zeigte sich leicht ungehalten, verstand keineswegs den wahren Sinn von Hen´schöyns Worten. " Und jetzt verrate mir endlich, woher du mich kennst, Kleiner."
" Hen´schöyn, bitte schön ... "
" Dankeschön ... also - ich höre. Komm mir bloß nicht mit dem Spruch über Neugier und so."
" *Kennte einjeder all die Geheimnisse unseres Schöpfers, was bliebe von seiner Neugier ?* Sprecht Ihr davon ? Ja ? Sagt an, edler Herr, sagt an. "
" Mmmmmmhhhh." Machte Berthold, es hörte sich an, als peinigten ihn heftige Zahnschmerzen, hielt er doch gleichzeitig die Hand an die Backe, richtete hilfesuchend den Blick zum Himmel.
" Jene Flüssigkeit, aus der das Leben besteht, murmelte es mir. "
" Damit muß ich mich wohl zufrieden geben, denkst du dir bestimmt."
" Das macht Hen´schöyn, jedoch nähert Ihr euer Ohr meinen Lippen - hullala und trallala und wunderbar - wird dem edlen Berthold ein Geheimnis offenbar."

... Und Berthold, neugierig wie seine raffgierige Seele nun einmal war, tat folgsam wie ihm geheißen.

... Und während Hen´schöyn hinter vorgehaltener Hand viele Worte in des Zimmermanns Ohr flüsterte, wuchsen seine Augen einmal zu Wagenrädern, des hoffnungsvollen Staunens wegen, bald wieder wurden gefährliche Schlitze daraus, über denen sich buschige Brauen unrhythmisch auf und ab bewegten.
" Wirklich ? Wahrhaftig ? " Bertholds gehauchtem Kommentar folgte eine energische Reaktion. Er packte den Zwerg unwirsch am Hals und schüttelte ihn gleich dem Zwetschgenbaum im Herbst. " Wehe dir du treibst einen hinterhältigen Schabernack mit mir ! Gott sei deinem seelenlosen, verschrumpelten Leib gnädig."
" Kein Falsch kam jemals über Hen´schöyns Lippen, so wahr er vor Euch weilt."
" Warum erzählst du nutzloser Wurm ausgerechnet mir davon ? "
" Weil selbst Ihr erfahren sollt, zu erkennen, warum es heißt: es kehrt stets nur zurück, was schon immer Eures war ! Und einem Jeden ist einst der Tag gewiss, zu erkennen, wieviel ihm wert das Himmelsgeschenk - sein Leben war, was ihm an Lohn oder Tadel gebührt für seine Taten. Nicht der Verdienst eines Lebens ist dem Schöpfer wichtig, es zählt allein wo auf Erden himmlische Saat gesetzt und göttlicher Keim geboren wurde. Behaltet diese Worte alle Tage gut im Gedächtnis - und auch was weiter steht geschrieben - Gutes getan, bringt Gutes tausend Mal heran, Schlechtes, nicht einmal gemacht, allein gedacht, wird tausend Mal gerächt."
" Da kommt mit ja schon wieder das Lachen hoch, diesmal aus Freude vor meinem großen Glück. Junge, wenn das wahr sein sollte ... ich darf gar nicht daran denken, denn bei jedem Schmerz im Bauche vom lachen, denke ich hinkünftig an dich, *Zwerglein Hennenbein*. Da behaupte noch einer, la-

chen wäre gesund.
Ich seh mich flanieren am weißen Strand zwischen *Bilgeri Beach und Pipeline Boulevard mit den fremden Frauen* an herrlichen Nachmittagen vieler Sonntage ... wollte sagen - meinem Weib die Order geben, sie solle am kiesigen Ufer von Lochau mit den Mädle das angeschwemmte Treibholz sammeln."
Berthold gab Hen´schöyn aus seinem Griff frei, schoß blitzartig von der Wurzel hoch, stürzte lauthals lachend in Richtung Waldausgang, den er in wenigen Minuten erreicht hatte, für dieselbe Strecke er vorhin eine Stunde benötigte.
Hen´schöyn schmunzelte, verschränkte seine Arme, während er gelassen Worte von schicksalhafter Bedeutung aussprach :
" Lachen ist seit eh und je gesund. Auch Ihr, Mensch werdet erfüllt sein von Freude, bis ans Ende aller Tage. Euer Denken wird Euch allzeit begleiten, Eure Gier zu jenem Schicksal gedeihen, wie es am Anbeginn der Zeit im Heiligen Buche vermerkt zu lesen steht - Ihr werdet ernten, was Ihr sät - und beim letzten Schlag des Herzens erkennen - *Besonders wer am Ende lachet, der lachet fürwahr gut, denn ihm sei gewiß ... es lachet keiner über ihn."*
Was dieser Prophezeiung folgte - schmerzte gewaltig in den Ohren - war ein schrilles Geräusch, erinnerte an Metall, das über Asphalt gezogen wurde - war Hen´schöyns Lachen.

Das aus allen Ecken des Pfänderhanges widerhallte.

*Kein Ende*

im Gelände

2. Akt

A.D. 1807

Am Kluusbühel

Freitag, 17.45, noch immer Spätsommer

Angenehmer Duft frisch gemähten Grases wehte Berthold, Guntram und Gismar gleichermaßen um die ausgeprägten Nasen, machte hungrig.
Deshalb wurde die junge Maid, die an den Tisch trat, von sechs Augen, die heller strahlten als es die Abendsonne vermochte, auf das aller ... aller... allerherzlichste willkommen geheißen.
Vernaschten sie bereits in ihren Gedanken - jene in der Tat, damals noch, jeden Mann zum Wahnsinn treibende - Platte aus edler Buche, auf der die Maid Köstlichkeiten servierte wie : drei Laibe dunklen Brotes, Schinken und Speck aus den *Unerforschten Weiten ( aus dem damals noch unbekannten Gebiet des Bregenzerwaldes )*
des Landes, Käse *vom beschten Eck aus der kleinen Sennerei* ein Stück weit unter ihnen, Rettich, frischen Senf vom Dorfe nahe der schweizerischen Grenze, eine Wurzel feinstem, beim vollem Monde aus der Erde gezogenen, Krens, das schwere an den Rücken gebundene eichene Fass, auf dem stolz der Steinbock prangte, angefüllt mit bestem in der Vorwoche gebrauten Bieres, drei bauchigen Krügen aus Stadteigener Töpferei in Bregenz.

Gierig machten sich die hungrigen Mannen darüber her.

Über die Köstlichkeiten, nicht über die Maid !

Während die drei Gesellen beim Abendmahl gemütlich zusammensaßen, dieses mit sicht -und hörbarem Appetit und *Gottesbesteck* verschlangen, die junge Maid ihr geschundenes Kreuz ins Lotrecht bog, das Schwäbische Meer unter ihnen glitzerte wie ein Topf angefüllt mit reinem Golde, vollzog im Hintergrund der Scharfrichter und seine drei Gehilfen das wöchentliche Ritual. Trugen hernach die unnütz und unliebsam gewordene Leiche eines soeben gehängten Übeltäters aus der Fallgrube, warfen sie lieblos auf den bereitgestellten Karren.

Was an diesem Freitag jedoch neu war, zeigte sich in diversen Staffeleien, die in Windeseile von unzähligen fleißigen Händen aufgestellt wurden. In Windeseile warden Leinwände angebracht, Maler setzten sich davor. Ein jeder skizzierte eine andere Sequenz des geplanten nachfolgenden Schauspiels, das darin bestand, dass - zum einen ein Freiwilliger für eine zweite Hinrichtung gesucht wurde.
Für demonstrative Zwecke versteht sich.
Zum anderen - liefen zwischen den Staffeleien, in zeitlich genauest aufeinander Abständen, Frauen - Oh Schande oh Schande und oooh mei oooh mei - in leichtester Bekleidung, Kinder mit Süßigkeiten und Spielzeug in den Händen hindurch, präsentierten ihre mitgebrachten Produkte. Der Ablauf dieser *Produktpräsentation* wäre stets der gleiche, teilte jener Mann mit - der die Obsorge des neuartigen Schauspieles innehatte, den ihn umringenden Frauen, Kindern, Männern, zehn Kühen, neun Katzen, vier Hunden, sechsundachtzig Hühnern und zwei eifersüchtigen Gockeln.
Zuerst zeige *man* dem gemeinen Volke drei von langer Hand vorbereitete Bilder, hernach führten die Frauen ihre Tänze vor - erklärte der schrill gekleidete Mann mit verkehrt aufgesetzter Baseballkappe die Abläufe.
Danach folgten wiederum drei Bilder und anschließend kämen die Kinder an die Reihe.
Immer so fort.
Der Fortschritt ließe sich nicht aufhalten, deshalb gehe man bereits daran kleinere Gemälde herzustellen, die in jedes Haus verteilt würden.
Aus dem fernen Lützelburg *( = Luxemburg, bedeutet kleine Burg )* stammten allesamt her, teilte der *Obsorgende* der überaus neugierigen Volksmeute mit. Finanzieren würde diese Veranstaltung der Feilbieter des Henkerstrickes. Und derjenige, welcher die Scharniere für das Falltor unter dem Galgen erzeugte, der trug ebenfalls sein Scherflein dazu bei, genauso jene Fabrikanten, welche die Süßigkeiten und

das Spielzeug, die die Kinder, und die Kutscheinreinigungsmittel, welche halbnackte Frauen zwischen den einzelnen Leinwänden tanzend zeigten, den die handelseinig gewordenen Manufakturen im Schwäbischen mit jenen im fernen Thai Wan austauschten. Diese *Vorführaktion* führte man, *selbstverständlicherweise*, nur deshalb durch, damit den Menschen hierzulande, *einer ... naja ... vielleicht und allenthalben doch etwas zu abgelegenen Region der Welt ...* neuartige Produkte näher gebracht werden konnten, die ihnen bisher fremd waren, sie diese deshalb unbedingt besitzen mußten, die im täglichen Leben *plötzlich* unabdingbar waren, in keinem bäuerlichen Haushalt fehlen durften. Im Gegenzug dafür mußten die Maler auf ihren Leinwänden den Strick, sowie die Scharniere, besonders hervorheben.
Und den Namen des edlen Spenders bei jeder Vorführung lobend erwähnen. In der gesamten Region würden bald derartige Präsentationen stattfinden. An einem jeden vierten Sonntag vormittag im Monat.
Zwischen zwei Meßgängen wäre die beste Einschaltqou ... Zeit dafür, das mit dem Aufhängen selbstverständlich weggelassen. Derlei unzivilisierte Vorgehensweise fände nur am stets gut besuchten Hinrichtungshügel von Bregenz, dem Hügel zur Klause, dem damals so genannten Klusbühel, statt.
" Laß dir gesagt sein von einem der´s wissen muß - da hat dir die gebrannte Birne einen gewaltigen Streich gespielt, Bartel." Schlichtweg als Schnapsidee seines Kumpels, verwarf Guntram die Geschichte, die Berthold nach dem Abendmahl seinen beiden Freunden quasi als Nachtisch servierte, fuchtelte wild mit den Armen herum.
Berthold hingegen blieb gelassen, fuhr mit der Hand über den Mund, wischte diese anschließend an der baumwollenen Hose sauber, klatschte die flache Hand auf den Tisch aus grauer, verwitterter Buche, rümpfte angewidert die Nase.
Der Wind nämlich, blies Guntram in den Rücken, dessen

eigentümlichen Geruch in Bertholds empfindliche Nase, reizte nicht nur seine Magennerven, forderte sie energisch zum Veitstanz auf.

*Das gute Essen aber war bezahlt, es sollte deshalb drinnen bleiben !*

Angewidert wandte der Zimmermann den Kopf zur Seite, bis endlich der Wind sich drehte, eine steife Brise vom See herauf wehte - den Duft vom faulenden Fischabfall und modernder Alge mit sich trug.
" Wenn ich's euch aber sage ! Um das Leben meiner ... Hühner Willen. Gott sei mein Zeuge - da war tatsächlich ein ... ein mächtiger ... Haufen Zwerge im Walde, es wimmelte im Unterholz nur so von dem unflätigen Kleinzeugs ... und eine dieser verschrumpelten häßlich anzusehenden Mißgeburten, trat aus der Menge straks an mich heran und der flüsterte mir sogleich jene Worte, die ich euch beiden soeben anvertraute."
" Du lerntest vor Jahren wie einer richtig mit dem Holz umgeht, nennst einen Hof auf dem alles im Lotrecht ist, dein Eigen, auf den Feld wächst der Weizen und im Acker gedeiht das in jedem Jahr Gemüse prächtig, ein gut Weib weilt jahreinjahraus an deiner Seite, gesunde Kinder ... naja ... Mädle ( *Mädchen* ) scharst um dich. Das alles ist so wahr, wie meine beiden Hände auf diesem Tischbrett ruhen. Aber, dass du mir weismachen willst, ein Zwergenwesen drin im Holzschlag erzählte dir eine Mär von goldenen Kegeln und einer Kugel, die oben auf dem Schloßberg vergraben in der Erde liegen sollen, nein Bartel, sei mir nicht böse, das kann ich nicht glauben, da geht mir da nicht rein."
Berthold wollte aufbrausen, da erkannte er wie Gismar seine Hand auf den Arm Guntrams legte. Der ihn hinter dichtem Gewächs aus dunklen Augenbrauen verschwommenen Blickes musterte.
" Obwohl, bevor du ihn der Lüge bezichtigst, Gülle, muß

ich Bartel unterstützen, weil mir genau diese Mär erst kürzlich, als ich im *Schwäbischen Allgäu* weilte, von einem dort draußen, beim Mittagsmahl war es, die Kunde an mich heran getragen wurde, einige Mannen aus dem Allgäu machten sich bereit, brächen in kurzer Zeit auf, wollen anscheinend die Gegend um Hohenbregenz ausforschen. Ein Anderer habe denen zugetragen, so erzählte der Schwabe weiter, vor hundert Jahren sei - an der sumpfigen Stelle hinter dem Felsen - den Schweden ein Spiel aus zwölf mannshohen Kegeln an der Zahl und einer Kugel aus purem Gold die ihre Größe mit Herbert meinem Zuchtochsen messen kann, und über und über besetzt mit wertvollem Geschmeide, beim Schloßberg verloren gegangen, und wer weiß, vielleicht sind die neugierigen Mannen aus dem Allgäu lange schon angekommen. "
Gismars Daumen zeigte in den Rücken, dorthin, wo die emsigen Schildermaler lautstark ihrer Präsentation huldigten. Berthold rieb nervös sein Hinterteil auf der Holzbank hin und her, näherte seinen Kopf dem Gismar.
" Willst du damit sagen, dieser Mummenschanz den das Gauklergesindel veranstaltet, diene dazu unser aller Augenlicht so gewaltig zu blenden, damit unser aller Blick von ihrem gemeinen Ränkespiel abgewendet sei ? "
" An anderen Möglichkeiten zeigt uns das Leben dergestalt unendlich viele, dort wird der Blick zur Seite gelenkt, anstatt ihn auf wesentlichem anhaften zu lassen.
Wie damals, vor über hundert Jahren, als die Schweden zu Lochen einbrachen, brandschatzten die einzige Mühle *( die Klausmühle, die ehemalige Mühle an der Klause )* weit und breit, von Sigmarszell ( *Ortschaft hinter der deutschen Grenze* ) bis Torrenbürren fand sich lange keine mehr, als jene die am Platz von der Kluus ( *Klause* ) stand, wo wir jetzt sitzen, und sich anschließend in Bregenz niederließen, als wären sie vom Landvogt als arbeitendes Volk gerufen worden. Ich sage euch, mich würde sehr interessieren, was diese Maler da hinter uns tatsächlich im Schilde führen. Wehret den teufli-

schen Anfängen - erst der kriegerische Schwede, heutzutage der Schilder malende Lützler ( *Luxemburger* ).
Soll *mir* einer erzählen, es würde irgendeinen Profit anheim bringen, das Säckel füllen, preist man dem unwissenden Volke auf diese Art und Weise etwas an, wie es die da machen, jene Unholde aus dem fernen Lützelburg, mit ihren grusteligen Sachen, den schellt ich auf der Stelle einen Lügner, am Klusbühel soll er fortan dem Adler, den Fliegen und den Würmern Nahrung sein.
So etwas funktioniert niemals, sage ich euch.
Selbst in zweihundert Jahren nicht. Selbst dann werden die Leute ganz von selber wissen, was ihnen wichtig erscheint, ob sie unbedingt besitzen müssen, was nicht aus dem eigenen Stalle kommt, oder im Feld hinterm Hof und im Wald drin wächst, feststellen ob ihnen guttut, was diese Schildermaler auf den bunten Leinwänden in die Häuser des gemeinen Volkes verteilen und wie es möglich sein kann, dass die Fabriksherren aus einem einzigen Schwein eine Heerschar satt machen können und die Milch besser schmecken soll, wenn sie zuvor mit dem Wasser aus dem Bache vermischt wird und der Maßkrug mit einem Liter hernach plötzlich das zwanzigfache nicht mehr faßt."
Ob er den Ausführungen des Schmiedes zu folgen imstande war oder auch nicht, es hielt ihn nichts mehr auf seinem Platz, den Berthold. Da schoß er hoch, das Blut in Wallung gekommen, das Antlitz glühte heller als die Sonne es im Sommer zur Mittagszeit vermochte.
" Waaas !?!? " Dicke Perlen kullerten von seiner Stirn als er wutentbrannt losdonnerte, sodass drei Gläser bedrohlich klimperten und Guntram seinen Krug mit beiden Händen gerade noch fassen konnte, ehe er kippte und den wertvollen Inhalt den Ameisen, die zur Erde weilten, spendierte. " Der soll *in den Unerforschten Weiten* suchen was er will, ganz hinten wo die Ach entspringt, vermaledeit sei er mit seiner Neugier - was ... was hat der Schwab´, was wir nicht haben ...?"

" Das güldene Kegelspiel ... bald schon." Erwiderte der Gismar lachend. " ... und wenn er es schließlich gefunden hat, baut er das Loch wo es drin gelegen hat all die Jahre, gleich zu einer Kegelspielegrube aus. Dann lädt der Schwabe sich alle preußischen Freunde ein und spielt jeden Tag und wir können zusehen, wie die Kugel rollt und rollt und mit jedem Schuß das Gold weniger wird, und die Frauen am Sonntagnachmittag als Vorspeise herhalten dürfen und wir durch unsere Finger schauen."
" Himmelhimmel, male den Gehörnten nicht an die Wand ! *Wir* können ebenso - gemeinsam - danach graben, wollte ich sagen, beim Herrn über alle Geschöpfe, *wir* werden das auch tun ! "
Der Berthold polterte dermaßen lautstark drauflos, die Maler im Hintergrund verharrten regungslos in ihrem Tun, die Hühner stellten gar das legen ihrer Eier ein und die zehn Kühe gaben Fersengeld und Sahne an diesem Abend.
" Wieso *wir* ?" Klang Guntrams Gegenfrage energisch und abwehrend, lag dennoch ein freches Lauern in seinen *bauernschlauen* Augen, kaum verborgen das Schmunzeln um den Mund. Er hatte sich dermaßen hineingesteigert, der habgierige Zimmermann, erkannte nicht, dass der Bauer ihn lediglich aufziehen wollte. Fühlte sich plötzlich im Stich gelassen von *seinen* Freunden, sah *sein* Ehrgefühl *angekratzt*, kam nicht umhin und änderte sogleich *seine* Taktik.
" Noch morgen geschieht was eines *echten Mannes* Pflicht ist, denn jetzt ist dem Irrsinn Genüge getan. Ich frage euch beide, was machen sie allesamt da droben ? Sie buddeln und graben, bald ist der Pfänder komplett durchlöchert, die bauen sich ihre Höhlen aus und leben womöglich noch in diesen runderneuerten Löchern !
Wahrlich ich sage euch, wenn ich den Schatz gefunden habe, dann werden unsere Wälder und Felder keinen Schaden mehr nehmen diesen gierigen Lochgräbern wegen, denn dann ist damit ein für allemal Ende im Gelände.
Freunde, morgen ... morgen breche *ich* auf, wandere zu die-

sem Mythengebirge und ehe der Abend hereinbricht, nennt ihr mich einen reichen Mann. Der Zimmermann Berthold wird bekannt sein als der, dem das Glück hold war und fortan als jener, *der* die gülden Kegel für jedermann unfeil hielt."
" *Wieso du allein* ?" fügte Gismar schnell hinzu.
Erkannte, dass er es mit seinem Spiel wohl zu arg getrieben hatte, sah die Felle des noch nicht gefangenen goldenen Ochsen die Bregenzer Ache hinab schwimmen, der Mündung entgegen treiben. Den strafenden Blick auf die buschigen Augenbrauen Guntrams gerichtet, hinter denen lauernd gläsernes Geschau hervorlugte, wacher Blick verschmitzt zwinkerte.
" *Du* ja - *der da* - nein ! " Bestimmte Berthold noch immer aufgebracht, machte sogleich eine wegwerfende Handbewegung, fügte mißmutig hinzu : " Meinethalben gehen wir alle drei miteinander gemeinsam nicht ... oder anschließend ... jeder einzeln mit jedem zusammen."
Damit waren an sich alle Klarheiten beseitigt und jeder für sich und alle gemeinsam war ein jeder mit dem anderen handelseinig. *Stantepede* verließen die drei ihr romantisches Plätzchen oberhalb dem Schwäbischen Meer, das soeben nach dem roten Ball der Sonne schnappte, ihn verschluckte wie der hungrige Hecht die fette Fliege.

*Kein Ende*

# im Gelände

## 3. und letzter Akt

A.D. 1807
Rund um den Schloßberg
zu Hohenbregenz ( Gebhardsberg )
Samstag, 23.56, ... was wohl - Spätsommer

Kalt der Nebel der sich um welke Sträucher stahl, den braunen Blättern anhaftete, unwirklich und schemenhaft die Gegend um den aufgelassenen Kohlenmeiler erscheinen ließ. An seinem Eingang, unweit dem Schloßberg, verbreitete fahles Licht kleiner Laternen
geisterhaft anmutenden Schein, herrschte reges Treiben zu später Stunde.

Gismar drückte jedem der beiden Ackergäule einen Apfel ins Maul, wickelte ein Tuch herum. Währenddessen lud Guntram zwei Schaufeln, zwei Pickel und einen Sack vom Karren. Berthold *trug schwer* an den drei Laternen, die er neben sich auf den steinigen Boden stellte. Der ausgetrocknete Knoblauchkranz um den Hals des kleinen Mannes gewickelt raschelte und baumelte stark, machte ihm Angst und fiel ihm zudem andauernd ins Gesicht. Unwirsch stieß er ihn den Nacken.
" Du hast mir noch immer nicht verraten, wozu wir diesen Sack voller Kartoffeln mitschleppen und ihre Sorte kenne ich auch nicht. " Flüsterte Guntram hinter vorgehaltener Hand, mit einer fahrigen Bewegung wischte Berthold die *trockene* Stirn ab, atmete schwer, als wögen die Laternen, nicht größer als eine Kinderhand, Dutzende von Kilo.
" Erdäpfel, Guntram ! Erdäpfel *der feinsten Sorte*, und sag niemals zu einem Erdapfel einfach nur Kartoffel. Zu rechter Zeit sollst du es erfahren, wozu sie bestimmt sind, machen wir uns ans Werk, bevor dieser dämliche Geist erscheint und sein niemals endender Weg unser Vorhaben kreuzt. " erwiderte der *liebenswürdige* Berthold mürrisch, schmerzte ihn doch sein Kreuz von der täglichen Last - welche sein Weib und die drei Mädchen zu schleppen hatten.

Und vom abladen der drei Lichter.
Und ... weil er sich grämte, dem Geist gegenüber treten zu müssen ...
und ... allein der Gedanke daran, bereits das Beinkleid

des Zimmermanns von innen nach außen naß werden ließ.

" Habe beide Gäule versorgt, das Futter müßte sein Auslangen finden bis zum Morgengrauen, das Gewieher habe ich denen ebenfalls abgestellt. " flüsterte Gismar, sichtlich stolz darüber, erledigte er doch die ihm übertragene Arbeit ohne jegliche Hilfeleistung seiner Freunde.
" Dann Glück auf mit uns, rein in die finstere Höhle." Befahl der Zimmermann knurrend, nahm den Kranz vom Halse, zerriß die Schnur, die den Bund bisher zusammen hielt, reichte jedem seiner Freunde eine braune Knolle.
" Steckt das ein, damit wollen wir uns dieses *gierhalsige* Gespenst dem Leibe feil halten. "
Hecktisch bekreuzigte sich der Berthold drei Mal.
Ein jeder der wackeren Gesellen steckte einen *Ghostbuster* in die Tasche der weitgeschnittenen Zimmermannshose aus fein gearbeitetem, wertvollem ... schwarzem Kuhleder.
Berthold zeigte sich dermaßen kameradschaftlich, lieh vor dem gemeinsamen Aufbruch am Nachmittag dieses schicksalhaften Tages Gismar und Guntram je eines seiner *derzeit unnützen* Kleidungsstücke, selbstverständlich nur für *diesen Einsatz im Stollen.*
Hastig ward die Laterne an den Kopf gebunden, Berthold machte einen befehlenden Fingerzeig auf Guntram, danach auf den Sack mit den Erdäpfeln, sogleich ruhte er auf dessen Schulter, der Sack - nicht Guntram - der Erdäpfelsack. Gismar packte schwungvoll das Werkzeug mit einer Hand, schon betraten sie zu dritt den stillgelegten Kohlenmeiler.
" Es stinkt." Stellte Guntram naserümpfend fest, als sie tiefer ins Innere vordrangen.
" Das sagst ausgerechnet du." Zischelte Berthold.
" Und feucht ist es dazu." Bestätigte Gismar, drehte den Kopf in alle möglichen Richtungen, damit seine Laterne alles um ihn herum ausleuchten konnte. " Und kalt ebenfalls !"
" Gnade dir Gott, sollten meine Hosen von deiner

Unbeherrschtheit eines unbedachten Augenblickes wegen Schaden nehmen ! "

Gismar überhörte Bertholds Stichelei, denn etwas völlig anderes war plötzlich wichtig.

" Gülle, Bartel, seht doch, von den kahlen Wänden rinnt das Wasser, gleich einem Bach zu unsren Beinen hindurch, den Stollen hinab."

" Was sorgt dich das Wasser, das behindert unsere Suche nicht im geringsten." Murrte Berthold, angesichts der goldenen Aussichten war er aufgeregter als je zuvor und deshalb kurz angebunden und trieb nicht nur sich selbst zur Eile an, auch seinen beiden Freunden machte er schnelle Beine.

" Ich dachte nur so bei mir, weil wenn das Wasser ohne Halt da runter rinnt, wird die Kugel naß und die Kegel versaufen. "

" Grämst dich wohl bereits zu dieser Stunde, dein Anteil am Gold könne weniger werden, weil das Wasser es von Kugel und Kegel wäscht. Es wird aber sein, wie dieser Zwerg es mich wissen ließ - es benötigt mehr als einen Mann, will einer den unermeßlichen Schatz nach Hause bringen.

Überlaßt das Denken mir und achtet besser darauf, wie ihr eure Schritte setzt, der Stollen führt bald steil nach unten, sorgt vor, nicht zu stürzen, gar euch einen Schaden am Körper gewahr werden zu lassen."

Berthold war in der Tat ernsthaft besorgt um die Gesundheit von Gismar und Guntram, denn sollte sich einer, oder gar beide verletzen, wer schleppte anschließend die schwere Kugel samt den zwölf Kegeln nach oben zum Karren.

Der kahle Felsboden neigte sich bald steil nach unten, deshalb faßte immer eine Hand die Hand eines anderen und somit hielten sich alle drei aneinander fest. Bis nach einer Weile das Seil zu erkennen war, von den Kohleförderern vor vielen Jahren mit Hacken aus Stahl in die Wand getrieben. Urplötzlich blieb Berthold stehen, hinderte auch Gismar und Guntram am weitergehen.

" Haltet ein Freunde, lasse den Sack zu Boden, Gülle und

du Gismar, entledige dich des Werkzeugs. "
Jeder tat wie ihm geheißen. Während der Zimmermann einen Erdapfel nach dem anderen aus dem Sack hervor kramte, sie an seine beiden Begleiter weiter reichte, kniete er auf dem nassen, felsigen Boden des Stollens.
" Aaaah, jetzt wird mir gewahr, was du vorhast mit den Grundbirnen ( *Erdapfel oder Grundbirne bezeichnen in Vorarlberg dasselbe - die Kartoffel nämlich* )."
Guntram glaubte eine wunderbare Erleuchtung zu haben. " Du wirfst sie ins Loch, damit wir sogleich wissen, wie tief es da unten ist, weil, wenn die Knolle da hinunter rollt und man hört schon bald einen Knall, ist der Meiler nicht allzutief, wenn einer lange nichts hört, ist er sehr weit in den Berg getrieben."
Berthold war perplex, bedachte Guntram mit unzähligen verächtlichen Blicken genauso, wie einem überlegenden, ehe er langsam nickte, bald schon heftiger.
" Du mußt *so* denken, denn dein Geist ist einfach ... einfach genial, hast es richtig erkannt ." Bestätigte mürrisch der Zimmermann, während der wahre Hintergrund ein völlig anderer war - grausame Angst nämlich - denn fürchtete er doch nichts mehr als diesen Geist, der an unten werkeln solle. An ein Stakkato erinnerndes Räuspern sollte seine zerrütte Gefühlswelt ins Lot bringen bevor er zum sprechen ansetzte. Deshalb er seiner Stimme wieder den bereits zu seinem Markenzeichen erkorenen mürrischen Befehlston verlieh. " Weil du mein Ansinnen errietst, solle deine Knolle die erste sein, die unten ankommt." ... *und das grausame Gespenst erschlägt* ... fügte er in Gedanken hinzu.
Vorsicht wie das Huhn ihr rohes Ei legte Guntram den Erdapfel vor seine Füße, streichelte sekundenlang zärtlich über die braune Schale, drei flackernde Laternen warfen ihr schwaches Licht darauf, vier ungeduldige Augen argen Vorwurf auf den Bergbauern, als dieser endlich - dem Herrn im Himmel sei's gedankt - der kleinen braunen Frucht mit dem Zeigefinger einen leichten Stoß versetzte, rollte sie so-

gleich aus dem fahlen Schein, kullerte alsbald ins unheimliche Dunkel des zugigen Stollens.
Angespannt warteten die drei, wie lange es wohl dauern mochte, bis die Kartoffel irgendwo gegen stieß. So sehr sie ihre Gesichter in tiefe Falten und die Ohren auf den nassen Fels legten, nichts geschah und kein Laut zu hören. Guntram, Berthold und Gismar sahen sich gleichermaßen verwundert an.
" Ich fürchte, der Stollen mündet tief im Innern des Berges. " Guntrams Geschau erinnerte an den kleinen Jungen unterm Christbaum.
" Mächtig tief, vielleicht schießt die Knolle gar am anderen Ende der Welt ins Freie, oder schlimmer noch - was ist, wenn der Stollen bis zur Mitte der Erde führt. Dort unten solle es mächtig heiß sein, und die Kar ... der Erdapfel wird gegart, samt seiner festen Schale ... mmm, nicht auszudenken ... wie lecker der dann schmeckt ... mit dem frischen Butter und anderthalbjährigem Käse, wenn es aber allerdings nicht mehr mit rechten Dingen zugeht, wer weiß, dann hat sogar eine gräßliche Hagazussa (*Hagazussa stammt von Hag = altdeutsch - der Zaun, Zosse ebenfalls altdeutsch - das Pferd - somit Zaunreiterin, vom Volksmund liebevoll auch Hexe genannt*) ihre verkrüppelten Hände im Spiel, weil sie gerne Bratkartoffel frißt. " Befürchtete Guntram, hielt sich die Hand vor den Mund.
" Bewahre ! Es gibt keine Hagazussae mehr ... alle längst verbrannt oder ins Montafon gescheucht, und das Feuer des Scheiterhaufens lodert nur noch zum Festtag der Brandwehr am Funkensonntag oder zur Sonnwend." wehrte Gismar, dennoch mit angstvollen Augen ab, was Berthold gemeines Grinsen ins Gesicht zauberte, als der Schmied vom Pfänderhang jedoch weiter sprach, zog sich das Antlitz des Zimmermanns mit jedem nachfolgenden Wort in die Länge, ..." und wenn es dort unten sehr heiß ist - ist nicht nur die Kartoffel gar ... aaa - ha-haha ... ist dieser Blödmann ein Bauer ... nein dieser Bauer ein Blödmann, denkt nur ans fressen ... und wenn es dort unten also sehr heiß und das

Kegelspiel dort vergraben ist, ist es längst nicht mehr vergraben, weil es schon lange zu Brei geschmolzen ist ... hm ... hm ... dann ist halt der Brei vergraben, aber eines mit Gewissheit nicht ..." Gismar ahnte nicht, daß er genau damit des habgierigen Bertholds schlimmste Befürchtungen gewaltig anheizte, er deswegen in den vergangenen Stunden Todesängste ausgestanden hatte, bangte der Zimmermann doch darum, er könnte etwas verlieren, das er noch gar nicht besaß. Sein Blick war dennoch erwartend auf den Schmied gerichtet.

" Ja was - sprich schon, sag und was es mit Gewissheit *nicht sein* kann."

" Erdäpfelbrei."

" Schluß ! Aus ! Haltet eure Klappe und redet keinen Unsinn mehr ! Allen beiden kneble ich sonst das unflätige Schandmaul zu, muß ich mir weiterhin derartigen, die Warzen austreibenden und sogar den Höllenfürsten zum Irrsinn bringenden Schwachsinn anhören. " fuhr der Zimmermann Guntram und Gismar an, hüpfte zornesbebend auf und nieder, daß sie erschrocken in sich zusammenfuhren. Als er sich beruhigt und sein Gehopse eingestellt hatte, brachte er seine Vorstellung des ihnen unverständlichen Herganges und vermeintlichen Weges der Kartoffel vor : " Kann allemal genauso sein, dass die Knolle auf der Fahrt da runter an die Wand gerollt ist, und steckt jetzt fest, im Loch eines stinkenden Grottenolms !

Dem ersten folge der zweite Streich - Gise, du bist der nächste, zeige dich geschickter als Gülle, gib deiner Grundbirne eine bessere Zukunft, als sie in der Pfanne des Höllenfürsten Seite an Seite mit der Zwiebel im ranzigen Fett einer alten Sau schmoren zu lassen, spiele Schicksal - schicke sie auf die Reise."

Wiederum kullerte eine braune Frucht in die Finsternis des Meilers, wiederum verging eine geraume Weile, in der Guntram, Berthold und Gismar ihre Ohren spitzten, keinen Laut zu hören bekamen, ihr Herz beinahe aussetzte, als abrupt das Getöse eines Sturmes die regenbogenbunte

Gedankenwelt der drei Helden zerriß, die Kartoffel wie eine Kanonenkugel an ihren Köpfen vorbeischoß, die körperlose Hand einer mächtigen Böe den Zimmermann, den Bergbauern und den Schmied zum Eingang der Höhle beförderte.
Verdutzt - zu keinem Laut mehr fähig, weil der heftige Wind weder atmen ließ noch sprechen ermöglichte, der Schreck ihre Gliedern erzittern ließ, schwer drückte - saßen sie auf der feuchten Erde, bewarfen sich gegenseitig mit Blicken, die bei Gismar Überraschung, bei Guntram Hilflosigkeit und Berthold übermächtigen Zorn bedeuteten.
" Um alles auf Gottes wunderbarer Schöpfung, Bartel, Gülle, sagt, was war *das* ? " zischelte Gismar, unbändige Angst ließ ihn kein lautes Wort über die trockenen Lippen bringen, während Bertholds Gesicht bleicher schien als der Vollmond, der über dem Schloßberg stand.
" Ich sage euch, das war der Geist des Kegelspiels und wir Unwissenden haben seine Ruhe gestört. Oooh Heilige Mutter Gottes und Bartel und Gise, laßt uns auf der Stell das Weite suchen und nach Hause gehen."
" Reiß dich am Riemen, alte Memme ! Das war ein leichter Windhauch aus dem Berg, dazu völlig normal, wenn der seine Winde macht." beschönigte Berthold, beruhigte sich selbst, suchte seine Angst zu verbergen, zitterte gleichzeitig heftigst am ganzen Körper, denn mehr als den unbekannten Geist, fürchtete er jenen Zwerg, den er unentwegt gedemütigt hatte.
Die wegwerfende Handbewegung Bertholds, und ein geflüstertes - " Sei's drum." - bedeuteten, man solle das Vorgefallene schnellstens vergessen. Er wandte sich seinen getreuen Begleitern zu. " Los, kommt, gehen wir nochmals da rein."
" Meinst du, der Pfänder hat heute keine Blähungen mehr, es kann nicht mehr sein, dass er Winde macht ?" spekulierte der *bauernschlaue* Guntram. Anstelle einer Antwort, packte Bertholds Hand ihn am Genick, schob ihn vor sich her, di-

rekt in den Stollen.
" Ein Berg und Blähungen ! Was in deinem Kopf abläuft, würde mich manchmal mehr interessieren, als das was die fremden Weiber am Sonntagnachmittag zu berichten wissen. Wegen eines Windes macht der sich in die Windel wie ein rotzender Wechselbalg, aber sei's drum, Gülle, kannst dich sogleich selber davon überzeugen, ob er nochmals furzt der Pfänder, drum wage mutig einen weiteren Wurf."
Obwohl er wimmerte, auf Knien bis zu jener Stelle robbte, wo der Stollen steil abfiel, schmiß er die Knolle, wenn auch mit geschlossenen Augen, schwungvoll in die Finsternis des Kohlenmeilers, warf sich selbst flach auf den nassen Boden, bedeckte den Kopf mit beiden Händen.
Wiederum sollte eine geraume Weile vergehen, in der Berthold und Gismar angestrengt lauschten und dennoch kein Laut zu hören war, Guntram sich vorsichtig hochrappelte.
" Ich glaube, die Grundbirne ist diesmal weiter gerollt."
Vermutete Guntram, unzählige Falten zerrissen Bertholds glatte Stirn, Gismars musterte indes seinen Kumpel dermaßen ungläubig, sein Kiefer klappte kraftlos nach unten.
" Weiter ? Wo soll das sein - weiter ? Weiter als *nirgendwo* gibt es nicht !" schallt Gismar Guntram einen Narren.
" Der Bartel sagte doch, die erste wäre auf dem Weg nach unten steckengeblieben, darum sage *ich*, deine Kartoffel ist an der, die steckengeblieben ist, vorbei gerollt ..."
" Hört zu, ich weiß wie wir's machen - der Sack wird zur Gänze geleert und alle Knollen sollen zugleich in den Schlund des gefräßigen Stollens rollen. Ist gut möglich, dass der Lärm einer einzelnen sich verliert, alle miteinander machen jedoch, dass man ihrem Gestöber gewahr wird."
Guntrams und Gismars Augen wuchsen zu leuchtenden Wagenrädern, als die beiden den Vorschlag Bertholds vernahmen, bald schon den Sinn verstanden. So geschah, dass nach Guntrams Kommentar -
" Sehr guter Einfall, Bartel, bist ein kluger Kopf und helle

noch dazu - nicht anders hätte ich es gemacht." - zu später Stunde unweit des Schloßberges ein Sack angefüllt mit Kartoffeln *der feinsten Sorte* auf ungewöhnliche Art und Weise durch einen stillgelegten Kohlenmeiler befördert wurde.
Diesmal sollte es länger dauern, noch mehr Zeit vergehen, in der keinerlei Geräusch die unheimliche Stille des Kohlenmeilers bersten konnte, bange Minuten verstreichen, währenddessen unsere drei Helden nicht nur ihre Köpfe hängen ließen, auch deren vorwitzige Abenteuerlust versank zusehends in der felsigen Unterwelt unter dem Schloßberg von Bregenz.
Die Schultern schossen hoch, der Rücken kerzengerade, augenblicklich keines Wortes mehr fähig, standen der Zimmermann, der Schmied und der Bergbauer sich mit offenen Mäulern gegenüber. Von weit drinnen, aus den ihnen noch unbekannten Tiefen des Stollens nämlich, drang ein Gepolter an ihre Ohren, das dem Getöse eines Felsrutschs glich.
Wie auf ein geheimes Zeichen warfen sich die wackeren Gesellen auf den nassen, kalten Fels, bedeckten sogleich ihre Häupter mit den Händen.
Lauschten.
Blickten besorgt um sich.
Sahen sich an, sprangen hoch, standen sogleich auf ihren Beinen. Auch wenn diese unkontrolliert zitterten.
Gismar, Guntram und Berthold faßten sich an den Händen, ihre angespannten Nerven explodierten in lautstarkem Gejohle, sogleich tanzte das Trio ein vergnügtes Ringelreih.
Wenige Minuten später, in denen sie zur Ruhe kommen sollten, erinnerten sie sich dessen, warum sie zu ungewohnter Tageszeit im kalten Gang eines aufgelassenen Kohlenmeilers einen Veitstanz aufgeführt hatten.
" Laßt uns auf der Stelle aufbrechen, die Kartoffeln haben ihr Ziel gefunden und wir schließen uns dem Gemüse an."
Bertholds Stimme überschlug vor Freude und der Gewissheit, er wäre dem Reichtum nun wesentlich näher

gekommen.
Eifrig wühlte er in dem Sack herum, dessen Inhalt er vor wenigen Minuten ins Tief des Stollens schüttete. Guntram und Gismar beobachteten sein Treiben, verstanden nicht, was Berthold in dem leeren Jutesack zu finden hoffte, waren überrascht als er zwei weitere Hüllen herauszog, jedem von ihnen eine reichte.
" Sollen wir etwa da runter latschen und das Gemüse wieder einsammeln ?" jammerte Guntram mehr als er staunen konnte.
" Nicht doch Gülle ! Überlege ein jedes Mal aufs Neue bevor du andauernd Unsinn sprichst, *was mein Lehrherr vor vielen Jahren mir einst beigebracht : schalt ein dein Hirn bevor du mit der Arbeit beginnst, denn sonst wirst du einst zu jenem Werkzeug, das zu benutzen du pflegst - gefühlos und des Denkens unfähig !* Der Bartel will bestimmt, dass da drin die Kegel zum Karren geschleppt werden."
Beider Blick war mehr als erstaunt, als Berthold den verbliebenen Sack auf den nassen Boden legte, darauf Platz nahm, die beiden mit seinem bärbeißigen Gemüt wissen ließ : " Weder noch, ihr zwei Schlauberger, jeder von euch setzt sein Hinterteil da drauf und folgt mir augenblicklich."
Kaum ausgesprochen, verschwand der schmächtige Körper des griesgrämigen Zimmermanns aus dem fahlen Schein der Grubenlaternen, taten die beiden, wie ihnen von Berthold befohlen, stürzten ihm hinterher.
In wahrlichem Höllentempo sauste die illustre Gesellschaft den steilen Schacht hinab, drangen immer weiter ins unbekannte Innere des Berges vor. Längst erlosch das Licht ihrer Laternen, dennoch hallte aus allen Ecken übermütiges Gelächter, vermischt mit wildem Geschrei von den Wänden der Kohlengrube wider.
Keiner konnte hinterher sagen wie lange die *fröhliche Rutschpartie* durch den Schacht des Meilers dauerte, um so jäher war sie zu Ende.
Dumpf der Knall, der Aufprall schmerzend, als sich

Berthold, Gismar und Guntram zur ehemaligen Gruppe aus drei wagemutigen Goldsuchern vereinten. Dieses *geselliges Beisammensein* sollte nicht allzulange andauern, denn nach kurzer Bewußtlosigkeit wurden sie sich ihres Seins wieder bewußt, reagierten, einjeder für sich, entsprechend.

" Meine Knochen, ich frage mich ob an mir auch nur ein einziger heil geblieben ist."

" Sei versichert Gise, mehr als einer, denn dein loses Mundwerk klappert wie eh und je." Murrte Berthold, erhob sich stöhnend in der totalen Finsternis des Stollens.

" Bei mir ist es merklich jener Ort, wo ich immer drauf sitze, wenn ich müde bin oder den Blähungen nachgebe, diese Stelle wurde arg in Mitleidenschaft gezogen, ich fühle ein Loch, und naß ist es zudem." Jammerte - wer wohl - der gute Guntram und der bärbeißige Berthold wurde sogleich hellhörig.

" Sollte meine Hose, die dir mein kameradschaftlich großes Herz geliehen hat, ebenfalls arg in Mitleidenschaft gezogen sein, gnade der Herr im Himmel deiner armen Seele und vor allem jener Stelle, an der du deiner Blähungen ledig wirst und die im Augenblick gar arg in Mitleidenschaft gezogen wurde. "

" Mit großer Anmut und noch mehr Freude lausche ich eurem Gespräch, gibt es mir die Gewißheit - wir weilen alle drei gesund noch auf Gottes schöner Welt."

" Oder am Eingang zur Hölle, so finster wie es hier ist." hauchte Guntram.

" Hat er gar nicht unrecht, der Gülle, weil warm ist es hier ebenfalls."

" Womit habe ich es nur verdient und muß euch zwei Tölpel meine Freunde nennen." Berthold tastete sich an der Wand entlang, hielt plötzlich inne. Mit der Faust hieb er auf sie ein und stutzte. " Hört mal, hört doch mal ...." Weitere Fausthiebe hämmerten gegen massiven Fels, bis es unvermutet dumpf an ihre Ohren drang.

" Dieser Klang mag aber nicht vom Felsen sein, den hört

man nicht, schlägt man mit der bloßen Hand dagegen, es schmerzt nur arg, so wie mein Gesäß. *Mii oazigscht Wuusch i deam Ougablick, - guata Maa im Himm´l dob - haalt m´r jed Bläiig weck." ( *Mein einzigster Wunsch, oh Herr, im Augenblick, halt mit mir jede Blähung zurück* )
" Ich habe das Gefühl, du hast da etwas entdeckt, Bartel, bleib dran ... bleib unbedingt dran."
Gismar spürte, wie es in den Ohren pochte, als der Puls seines Herzens beschleunigte.
" Unbedingt, hörst du ?"
" Gerne, nimm den Pickel oder die Schaufel und sieh, was du entdecken kannst, Gise."
Der fühlte sich augenblicklich nackt, denn so wie er im Dunkel ihres Verlieses suchte, den Boden, die Wände abtastete, er konnte weder das eine noch das andere finden, das Berthold wünschte.
" Ich habe die schlimme Befürchtung, das Werkzeug hängt irgendwo im Stollen, weit über uns."
" Sollte das dein Ernst sein, mach dich auf der Stelle auf und sieh zu, dass das Zeug bald hier ist." Brüllte Berthold aufgebracht.
" Wie soll das angestellt sein, nicht mal meine Hand kann ich erkennen, selbst wenn ich mit dem Finger in der Nase bohre." Schrie Gismar verzweifelt, aus seiner stoischen Ruhe gerissen. Den mißmutigen Zimmermann ließ das unberührt, der tobte ungehalten weiter, nannte seinen Nachbarn alles, was die damalige Zeit an brauchbaren Schimpfwörtern aufzubieten hatte, doch wollten all diese Beschwörungen das Werkzeug dennoch nicht in Erscheinung treten lassen.
" So nahe dem Ziele angekommen und nun heißt es kehrt machen, unverrichteter Dinge diesem stinkenden Loch den Rücken zeigen, im Eingang vom eignen Haus dann stehen, mit leeren Händen vor Weib und Kinder treten, wie die Kirchenmaus im Winter." Berthold war den Tränen nahe, denn ... " Es ist aus ! Ich werde sie vermissen, ich darf sie

nie mehr wiedersehen, ihren lieblichen, von Gottes Hand geschnitzten Anblick genießen, den Lebtag nicht mehr froh werden, allzeit aber ihre süßen Stimmchen in meinem Herzen tragen, weil es gibt sie von Stund nicht mehr - die herrlichen Sonntagnachmittage an der Promenade von Bregenz mit den Damen aus dem Allgäu."
" Oooh jaa, deinen Schmerz zu verstehen fällt mir nur allzuleicht ! Was wird in Hinkunft sein, sollen die schönen Körper aufrechter Männer hier unten modern wie das Spiel aus edlem Geschmeide es grad tut, oder folgt uns hintan das Falsch der Schildermaler, die sabbernd nach dem Golde dürsten, werden alsbald der klapprigen Gebeine unsrer Leichname fündig, hängen diese im Weizenfelde auf, zu verscheuchen fortan die Krähen ?"
" Wehret den Anfängen, wehret ihnen ... deine Gedanken machen mir angst, Gise, versündige dich nicht, bekreuzige dich auf der Stell dreimal und bete zwanzig Ave Maria, denn du hast den Teufel an die Wand gemalt, denn die Schildermaler sind Ausgeburten der Hölle."
Guntram, dem flennen nahe, fühlte sich elend, seine Seele schien verloren.
" Ihr Narren, sind diese Schildermaler und eure klapprigen Gestelle die einzigen Sorgen, die euer Herz schwer machen ? Überlegt euch lieber, wie es weitergehen soll ... obwohl ... wer weiß ob es überhaupt ein Fortkommen aus diesem Finster für uns gibt, ob nicht das unser wohlverdientes Ende ist ? Reichlich segnete uns das Schicksal zu Lebtag wahrlich mit allem, was sich einer nur wünschen kann. Unsere Familien lassen wir wohl versorgt zurück.
Die *meine* zeigte sich zu keiner Stund unbeholfen - obwohl ich dem Weib an einem jeden Tag den Weg weisen mußte, was zu tun ist - die weiß bestimmt von allein, was zu verrichten ihr Tagwerk ist."
" Bartel, ich bitte dich! So zu sprechen als wäre man bereits tot, obwohl das Blut, das einem hier unten hin und wieder gefriert und manchmal stockt, einem dennoch durch die

Adern fließt, beschwört ebenfalls den Satan."
" Soll er doch kommen, der einhufige Höllenfürst, Gise, soll ruhig erscheinen der Gehörnte, *durch diesen hohlen Stollen mag er wandeln,* anschließend ist uns warm und das blendende Licht seiner glühenden Augen vertreibt die unheimliche Dunkelheit. Und hernach wir ihn."
" Hört mal ... hört bitte einmal zu ... kann mir einer von euch beiden verraten, wie es weiter gehen soll ? Wir sind ausgezogen um einer Mär zu folgen, was machen wir ?
Spielen wie die kleinen Fratzen, sitzen bald darauf in einem dunklen, feuchten Loch fest, das niemals mehr trocken sein wird, in dem der Schimmel sich zuhause fühlt wie die Laus auf manchem Kopf und so, bar jeglicher Hoffnung und Aussicht, der Ausgang Kilometer weit hoch oben am Berg liegt und in Jahrhunderten vielleicht einer hier unten zum rechten sieht, weil ein kluger Kopf auf die Idee kommt und er betreibt in dieser Höhle erfolgreich die Zucht mit dem mächtigsten und edelsten aller Schimmelpilze ( *der Champignon wird heutzutage in diesem feuchten Loch mit Erfolg gezüchtet* ) und wird unserer toten Körper gewahr ... hhh !!! "
Die eigenen Worte machten ihn stutzig und so geriet Guntrams an sich *ruhiges* Gemüt hörbar in Wallung, seine Stimme überschlug sich, bis selbst das Flüstern im Angstschweiß erstickte.
" Weiß einer von euch die Uhrzeit ?"
" Woher sollen wir die kennen, Bartel ? Der Turm auf dem Schloß ist zu weit entfernt, als dass man dem Schlag der Glocke gewahr werden könnte. Solltest du hoffen, bei Tagesanbruch würde es hier unten heller und wärmer, seh dich getäuscht, denn nie zuvor drang das warme Sonnenlicht in diese Gewölbe."
" Selbst wenn du das Handwerk des Schmiedes lerntest, schlau bist du kein bißchen, denkst mit dem Langmut des einfältigen Bauern ! Das weiß ich genauso gut wie du, dass es in diesem Krötenfriedhof allzeit dunkel sein wird, ich dachte vielmehr an den Pfaffen."

" An den Pfaffen ? Gesegnet sei der Herr, wir Leben noch und bedürfen nicht des Pfaffen und der letzten Ölung ... "
" Hört ... hört mal gut zu, ihr beiden ... auch wenn *ich* der Bauer hier bin, war ich Zeit meines Lebens nicht einfältig nicht, das andere jedoch stimmt genau wie es der Bartel sagt." Verteidigte Guntram seinen Stand und seine *duftende* Branche.
" Der Pfaffe wandert immer zur vollen Stunde um die Burg und sieht zum rechten. Versperrte Türen und das geschlossene Falltor sollen Tagediebe und Taugenichtse von dem Buschenschank ( *das heutige Burgrestaurant auf dem Gebhardsberg* ) fernhalten, der just in diesen Tagen vom Grafen errichtet wird, und von der Kapelle
( *Schloßkapelle* ) , welcher die Maurer und Zimmerleute neuen Glanz verleihen. Da oben soll nämlich schon einiges an beständigem Wert abhanden gekommen sein."
" Hab auch schon davon gehört und weiß deshalb, dass der Schenke und in der Kapelle hinkünftig wieder ein besonderes Wasser gereicht wird." Selbst wenn es keiner sehen konnte, hörbar war allemal, wie in Guntrams Munde das eigene Wasser sich sammelte, plätschernd klangen seine Worte.
" Allgemein zweifle ich selten an deinem Wort, Bartel, das weißt du, doch heute muß dir Widerspruch geleistet sein - nicht der Pfaffe dreht seit jeher die Runden, das steht dem Trunkenbold von Wächter und seinem lichtscheuen Gesinde zur Pflicht."
" Wir schreiben den achten Monat im Jahreskreis, da sind allesamt im Urlaub. Was denkst du, wem obliegt somit die Obsorge für die Burghut, Gise ?"
" Dem ehrwürdigen Seelenhirten vom Schloßberg ! Verrate mir jedoch eines - wie soll der uns hilfreich von Nutzen sein ?"
" Bei jeder dritten Runde passiert er auf seinem Pfad den Eingang zum Stollen, dessen *wertvolle Dunkelheit wir* bewachen, und sowie der Pfaffe vorbeikommt, brüllen wir aus

Leibeskräften, damit er unserer Anwesenheit gewahr wird und augenblicklich Hilfe herbei holt."
" Dein Plan klingt allemal vorteilhaft für unser Wohlergehen und ist weise überlegt, nur wie sollen wir es anstellen, und wissen, wann der Schloßpfaff seine Runden dreht ?"
" Wir sollten vielleicht besser lieber die Kartoffeln suchen, weil wenn der Pfänder wieder seine Blähungen bekommt, fliegen sie uns allesamt um die Ohren, die Erdäpfel." Schlug Guntram vor.
" Mönsch, Bartel, der Gülle hat vollkommen recht - die Grundbirnen ! Die haben wir vollkommen vergessen !"
" Ihr beiden seid mir vielleicht wahrhaftige Helden, denkt nur ans fressen, während unsereins in diesem Molchfriedhof sein Lebtag fristen muß." schrie Berthold als Erwiderung, beruhigte sich wie meist recht schnell nach seinen Ausbrüchen, fügte nachdenklich hinzu : " Wenn ich's mir recht überlege, spricht der Gülle ein wahres Wort gejammert aus - wo ist es geblieben, das braunschalige Gemüse das wir in den Schlund des Berges schmissen ? Geht's hier noch mit rechten Dingen zu, müßte es sich eigentlich an unseren Füßen versammeln."
Sogleich brach reges Treiben in absoluter Dunkelheit am Ende des Stollens aus. Krabbelnd auf allen vieren, gebückt, und herum hopsend knallte mal der eine Kopf an den anderen, traf die geballte Faust Bertholds ungewollt den Bauch Gismars, schlug Guntram mit seinem Rücken hart gegen den nackten Fels, fiel Gismar lang hin, fühlte wie einer seiner Freunde auf ihm verweilte, schubste ihn energisch von sich. Ein dumpfer Aufschlag war zu hören, als dieser unsanft an die Wand knallte.
" Da ... da ... habt ihr das gehört ? Da war es wieder, dieses Geräusch, das von keinem Stein geboren sein kann ... so wie vorhin, als der Bartel an den Fels klopfte. Ich sage euch, das ist nicht normal für einen Stein."
Berthold schluckte, würgte, räusperte sich ausgiebig, nicht wunderlich, dass die ersten Worte heiser aus seiner Kehle

brachen, als er zum sprechen ansetzte :
" Glaubt ... glaubt einer von euch, das könnte eine Türe sein ?"
" Wo soll die hinführen, Bartel." Fragte Gismar verwundert. Kam nicht sogleich hinter die arglistigen Gedankengänge seines Kumpels. " In diesem Loch gibt es nicht eine einzige Ratte und auch die Spinnen brauchen keine Türen, verrate mir einer, wer möchte freiwillig an diesem dem Schimmel geweihten und von der Nässe reichlich verwöhnten Orte leben ?"
" Er weilt somit noch immer unter den Lebenden. Die Mär, dass einjeder der ihm fündig wird, dem Schatz, ist nichts weiter als ein verlogenes Hirngespinst in den hohlen Köpfen der zurück gebliebenen Leute."
" Was grämt dich dermaßen, Bartel, dass du dich auf das Niveau des Volkes herabläßt, das du beleidigst ?"
" Ich spreche von dem ekligen Geist, Gülle, von jenem Unhold, der sich die Kegel unter die Nägel reißen will, weil es *rechtmäßig* seine sind. Ich bin mir ziemlich sicher, das ist eine Türe und wenn wir sie aufbrechen, finden wir dahinter diesen durchsichtigen Nachtgewandfetischisten."
" Aaah, jetzt kann ich dir folgen - immer dann, wenn der ruhelose Geist zur Arbeit geht, muß er durch diese Türe in den Stollen und immer dann entsteht ein mächtiger Windsog, wie jener der meine Grundbirne das Fliegen lehrte. Dein Wort sei gesegnet in Gottes Ohr, laß uns an Werk gehen, brechen wir sie auf, dieser Geist soll uns den Weg nach draußen zeigen, denn *wo ein Wind, da ist auch ein Weg*, machen wir uns auf, den Wind zu suchen."
" Dummkopf ! Was für ein dämliches Geschwätz aus deinem Munde, Gise ! Von Gülle bin gewohnt ständig das zu hören, was er auf seine Felder streut und spritzt, aber von dir ? Überlege doch einmal, wir betraten zur Mitternacht den Stollen. "
" Bis hierher vermag ich leicht deinen klugen Worten folgen ... und weiter ?"

" Von zwölf bis zwei ist der Geist bekanntlich am arbeiten. Hmmm ... hmm ... hm - mmmhh ! Aaa-aahaa ! Dann ist er nicht zugegen ! Verdammt noch mal - Gülle hat Recht - laßt uns erstürmen seine verschimmelte Bude."
" Hört ... hört ... hört - haltet inne eurer voreilig Tun, lauschet bitte meinen Worten - wenn er nicht zuhause ist, wie sollen wir von ihm erfahren, wo der Weg nach draußen führt ?" Bauer Guntram wollte wieder einmal beweisen, dass er *bei der Arbeit* mit dachte.
Nach einigem hin und her, schafften es Berthold und Gismar sich an den Händen zu fassen, nahmen einen Anlauf und knallten alsbald schmerzhaft gegen die Felswand, stellten fest, so geht's nicht, also mußte eine neue Strategie her. Bei der Guntram eine gewichtige Rolle spielen sollte, die ihm keineswegs gefiel, gegen sie er sich vehement sträubte. Weshalb Berthold beschwichtigte, ihm mit aufmunternden Worten den bevorstehenden Auftritt schmackhaft machte.
" Du stehst vor der Türe, die Beine breit, streckst die Arme weit zur Seite, der Bartel und ich nehmen einen Anlauf und stürmen geradewegs auf dich zu, während du laut ... gaaaanz laut bis drei zählst ... immer wieder ... dann wissen wir genau, wo es hohl ist und schlagen nicht am Felsgestein auf."
" Das sehe ich noch ein, aber warum soll ich andauernd bis drei zählen ?"
" Was kommt nach fünf ?"
" Was ist fünf ?"
" Wie gesagt, du zählst bis drei ! "
Ehe Guntram noch einen wichtigen Einwand anbringen konnte, hörte er, wie sich die Schritte von Berthold und Gismar entfernten.
" Mir ist grad eingefallen, wenn ich vor der Türe stehe, knallen die beiden auf mich und das tut mächtig weh. "
Ob Guntram sich nur einbildete, er höre eine Stimme in der Finsternis, die auf seine Befürchtungen " Uns nicht. " ant-

wortete, er konnte es nicht mit Gewißheit sagen. Schließlich gab sich der Bergbauer geschlagen und begann laut bis drei zu zählen.

Als er aus kurzer Bewußtlosigkeit erwachte, vernahm er Getrappel mehrerer Füße, das sich entfernte und erkannte gleichzeitig einen schwachen Lichtschein. Verängstigt rief er nach den Freunden. Doch die wurden seiner Rufe nicht gewahr, das Goldfieber hatte sie in festem Griff.
So machte er sich auf, den beiden zu folgen.
Schon bald hatte er sie eingeholt.
Erst jetzt bemerkte er den starken Sog, der ihm um die Ohren pfiff, ihn gleichermaßen vorwärts trieb.
" Gise, stell dir vor, wir bilden wieder ein Trio." Schrie Berthold nach hinten, denn im Rücken wußte er Gismar, weil der sich an seinem rechten Fuß festklammerte, damit der ihn nicht verlöre - seinen Kumpel.
" Was macht dich so sicher." Erwiderte dieser brüllend. Der mächtige Luftstrom raubte nicht nur dem Atem, er machte eine normale Unterhaltung unmöglich.
" Halte deine Nase in den Wind, dann weißt du es."
Gismar schnupperte, lachte schallend, bevor er schrie : " Es riecht nach jahrelang abgestandener Jauche ! Gülle - was sind wir froh, dass du heil bist und dich zu uns gesellst, wir dachten bereits, es wäre um dich geschehen."
Es dauerte nicht mehr allzulange, da ließen sie den zugigen Schacht hinter sich und vor den drei wackeren Gesellen wuchs der schwache Schimmer mehr und mehr zu hellem Schein heran.
" Sogleich sind wir draußen, seht nur, der Tag lacht uns ins Gesicht." Gismar erfreute sich an der Aussicht, bald wieder eine bessere als bisher zu haben, Berthold hingegen war maßlos darüber enttäuscht, ihm wurde bewußt, anstelle des bereits in die Bregenzer Seepromenade investierten Schatzes mußte er mit einem läppischen neuen Tag das Auslangen finden - sich damit zufriedengeben was er be-

reits besaß, keine Veränderungen würden das eingefahrene Leben des Zimmermanns auffrischen.
Der durchdringende Schrei Gismars riß Berthold genauso brutal aus der aufkommenden Lethargie hinsichtlich des bevorstehenden Alltages mit gewohntem Ablauf wie aus der kürzlich geschaffenen Traumwelt des Goldes und des Reichtums, dem Glamour mit seinen sündhaft teuren, den Verstand verzaubernden Düften des herrlichen Maiglöckchenparfumes oder der Vanilla - unvergleichlichen Kreationen aus der Schöpfung unbekannter Pariser Künstler, wohlbedacht eingebracht in die gehobene Konversation der wundervollen Sonntagnachmittage in gefühlskalte Welt des zugigen Schachtes mit niveaulosen Gesprächspartnern und ihren, den Brechreiz fördernden Gerüchen aus der Naturküche eines bekannteren - für manche nicht existenten - Schöpfers zurück.
Nicht allzuweit von Berthold entfernt kniete der Schmied inmitten einer rußigen Schicht. Den unbeholfenen Flügelschlägen eines Albatros beim Start gleich, rissen Gismars Arme halbkreisförmige Löcher in die stickige Luft, als er ihn winkend zu sich beorderte. Auf gleicher Höhe angekommen, wußte der Zimmermann augenblicklich nicht wie ihm geschah, Gismar packte ihn energisch am Kragen und drückte seinen Kopf auf den schwarzen Boden des Schachtes.
Da erkannte Berthold sogleich Schlitze, hinter denen, sich weit unten in hellem Schein jene wichtigen Details offenbarten, weswegen die wackeren Gesellen sich auf dieses Abenteuer überhaupt eingelassen hatten.
Sie sahen sich überglücklich an, einer fiel dem anderen, so gut es im engen Schacht denn möglich war, lachend um den Hals, zerflossen beinahe schon in den heißen Strömen ihrer Tränen der Freude, denn unter Ihnen öffnete eine gewaltige Höhle ihr Maul.
Schließlich kam Guntram bei seinen beiden Kumpeln an.
Unter der Last von Berthold, Gismar und Guntram gab der

Boden unvermutet nach und sogleich fielen sie tief, schlugen schwer auf, was sie angesichts des atemberaubenden Anblickes weder schmerzte noch sich störend auswirkte.
Ihnen stand der Mund weiter offen, als es der Eingang dieser Höhle jemals vermochte. Die ersten Worte fand Berthold, mit denen er erst einmal seinem Unmut freien Lauf lassen mußte. " Seht her mein Gewand, über und über getaucht in den klebrigen Staub der Kohle."
" Was jammerst du wegen ein bißchen Schmutz auf deinem wertlosen Wams, Bartel ! Sei dir endlich gewiss, dein Anteil vom Reichtum gelangt allemal für ein neues - edel Tuch mit dem Faden der Seide, von *kundiger* Hand des Schneiders bereitet und nicht die einfache Baumwolle zusammengenäht von deinem Weibe." Erwiderte Gismar lachend, machte eine abfällige Handbewegung, wich schmunzelnd Bertholds glühenden Augen, die zornige Blicke verschossen.
" Weiß einer von euch mir zu berichten, wieviel dieses schicksalsträchtige Gewölbe wohl messen mag ? " fügte der Schmied ehrfurchtsvoll hauchend hinzu.
" Ist mir einerlei, wichtig ist, was meine Augen sehen und meine Hände bald schon greifen können." murrte der habgierige Berthold.
" Werft hinweg euer feuchtes Fackelzeug, dem der widerliche Geruch des Teeres anhaftet, wir brauchen den Lebtag keins nicht mehr ... denn - seht - erkennt den Glanz des Goldes, wie wunderbar und gleichmäßig er das Licht verteilt, heller als draußen die Sonne zu scheinen vermag ist es allemal hier drin."
Gismar rannte wie irrsinnig geworden, die Arme ausgebreitet, im Kreis herum, ging in die Knie, fuhr erst mit einer Hand, gleich darauf mit beiden über die spiegelglatte Bodenfläche der Spielfläche, während Guntram sich torkelnd näherte, trunken aus verständlicher Erregung. Verachtend ruhte Bertholds Blick auf den beiden.
Dennoch sprach Berthold leise, ein gefährlicher Unterton schwang in seinen Worten mit, obwohl er abwertend grin-

ste :
" Was gebt ihr beiden nur für armselige Memmen, macht den Erdboden eurem Geburtstand als Mensch ebenbürtig. Habt ihr so etwas noch nötig ? Werdet euch endlich des Augenblicks bewußt, uns ist heute zuteil geworden, was das Schicksal längst schon vorbestimmte und uns deshalb redlich gebührt - das größte Glück im Leben eines *echten Mannes*. Nicht hunderten war möglich, was uns ereilte - wir drei haben das güldene Spiel gefunden, es gehört uns, darum steht gerade wie es sich gehört, zeigt Rückgrat, seid *echte Männer*. "
" Seht nur wie alles glitzert in dieser Höhle. Das Glück ist uns in der Tat hold, unermeßlicher Reichtum ohne Ende. Sie liegen am Boden gestreut, stecken im Felsgestein fest - Diamanten, Rubine, Smaragde so weit mein ungläubiges Auge schauen kann, sieh nur wie sie strahlen, gar aus den Wänden lachen. Selbst die Bahn des Spiels ist zu beiden Seiten gesäumt von glitzerndem Geschmeide, rot und gelb und grün. " Gismars Stimme bebte, er war überwältigt, völlig außer sich, fiebrig der Glanz seiner Augen, dennoch klangen ehrfürchtig die nächsten Worte aus seinem Munde : " Das alles soll tatsächlich unser sein ? War unser Tun bis zum heutigen Lebtag denn so Gottesfürchtig ? Wanderte unser Denken nicht weiter als der Kirchturm im Dorf und schwappte niemals über den Tellerrand, wo es sich in den Weiten der Tatsächlichkeit verlor ? Denn es steht geschrieben : Keinem Menschen ist etwas gegeben, was er nicht vom Himmel hat bekommen. "
Bertold hingegen in seiner Gier sah nur die irdischen Werte, legte auf Gismars Ausspruch keinen Deut : " Was mich staunen macht - die Kegel sind einer hinter den anderen gestellt, inmitten blinkender Kristalle, auf diesen beiden mit dicker Kreide breit gezogenen Strichen.
Dennoch, der fürchterlich anzusehende Schrumpelzwerg, das *hinkende Hennenbein*, er sprach die Wahrheit - die Kegel leuchten abwechselnd mit der Farbe des Blutes und dem

reinem Schnee. "
Kaum zu Ende gestaunt und gelästert, überschlug sich Bertholds Stimme, völlig aus der Fassung geraten, hineingeschlüpft in des Jägers und Sammlers Gewand, das eines *echten Mannes* eben - schrie er aufgeregt :
" Da - seht nur ! Breitet augenblicklich die Arme zum Fang ... seht her, die Kugel ... die Kugel ... sie rollt auf uns zu, aus purem Golde ist sie geschaffen, ihr Glanz - blendender als der helle Sonnenschein zur Mittagszeit, nein, was sag ich - denn das sind bald zwei Sonnen, eine an die andere geschmiedet ... zwei Kugeln ... oh Herrgott im Himmel ! Jaaaa, wahrlich er hatte recht, der *abgebrochene Riese* - einjeder erhält, was immer seines war. "
" Weißt du auch, was das *noch* heißt ?"
" Dass wir bald unbeschwert die Sonntagnachmittage genießen, weil wir von Stund an in den unermeßlichsten Reichtümern der Welt herum schwimmen, nicht wie bisher dümpeln zwischen den Algen und Binsen im seichten Schwäbischen Meer, dem *Brigantius Lokus*, der Toilette der Region."
" Muß dich arg enttäuschen, Bartel, denn das heißt, da spielt längst ein anderer unser Kegelspiel."
" Me ... me ... mei ... meinst du ?" Des Zimmermanns Gesicht fiel im selben Augenblick in sich zusammen, er wirkte plötzlich niedergeschlagen, sein schmächtiger Körper zitterte recht stark, sah bereits seine geliebten Sonntagnachmittage in Bregenz gefährdet.
" Bin überzeugt, da spielt schon einer. Ich sage euch, die teuflischen Schildermaler oder die neugierigen Schwaben waren leider flinker. Denen werden wir ihr gebrautes Süppchen aber gehörig versalzen."
" Hast recht, Gülle - der Teufel soll sie holen, denn am Ende genügt ihnen nicht allein eine Spielegrube, dann bauen die sogleich eine Kegelspielehöhle ! Der Himmel sei mir gnädig Gise - da hab ich einen schweinisch guten Einfall, wie wir unsren Schatz allemal vermehren können, auch wenn die

Kugel durchs rollen weniger wird - so etwas gibt es noch nicht rund um das Schwäbische Meer - eine Scheune, in die jeder eintreten darf, zahlt ein bißchen Geld und die Kugel rollt, das machen wir, raus mit dem modrigen Heu und dem nutzlosen Vieh, mein Stall soll dafür herhalten. Das sei von Stund an die Aufgabe *eines echten Mannes,* denn jetzt reichts mit dem Schwaben ! Es müßte verflixt zugehen, wenn die Kegel nicht schon bald in Sicherheit und unser wären.
Die schnappen wir uns - aaaachtung - uupps - jetzt ist sie an uns vorbei gedonnert ... Junkers, war die mächtig. Auf mit uns, die holen wir zurück - aber beim Allmächtigen ist die schnell."
" Seht doch her, seht doch her." jammerte Guntram, " Gise, ich glaube du sollst recht behalten, es sind die Schildermaler, denn da oben an der Felsenwand, da prangt bereits eines ihrer Bilder. Seht nur ..."
" Vermaledeit noch mal ..." seufzte Gismar beim Anblick der Scheibe, war plötzlich ziemlich niedergeschlagen -
" ... ich bin mächtig der mythischen Zahlenkunde und erkenne die Zeichen der Zeit, darum sage ich, der Kreis hinter der aufgestellten Schleife bedeutet, die Schildermaler werfen die Kugel seit längerer Zeit, denn die haben bereits achtzig Punkte gesammelt. "
" Oder aber *die Zeichen der Zeit* bedeuten, in diesem Spiel gibt es achtzig Kugeln. Oder weit mehr ... Mann ... Mann ... Mann ...! "
Wie auch immer es sein mochte, die kleinen Augen in Bertholds hochrotem Kopf sahen nicht nur unzählige Felle davon schwimmen, gleichermaßen machte ihn der, im wahrsten Sinne des Wortes, *atemberaubende* Gestank argwöhnisch. Jener, den die beiden *Kugeln* erzeugten, als sie an den drei Helden vorüber gedonnert waren.
" So etwas vermag nicht einmal der Gülle und der riecht allzeit recht streng."

Aufgebracht, den Ehrgeiz durch die neuerliche Heraus-

forderung und die Aussicht auf achtzig Kugeln aus purem Gold zum Kochen gebracht, spurteten sie ihnen hinterher, derweil in ihrem Rücken die Erde erneut erzitterte.
Was im Augenblick nicht zu stören schien, denn Berthold allen voran, rannte Gismar und Guntram zwischen den hintereinander aufgestellten Kegeln im Zickzack hin und her. Der Schweiß bedeckte die faltige Stirn des Zimmermanns, rann in Augen, die den blanken Irrsinn ausstrahlten, in jedem Staubkorn nur noch Reichtum wähnten, erschraken, als anstelle der Kegel plötzlich hämisch grinsende Zwerge standen, sich bald schon keinen Deut um derartige unwirkliche Erscheinungen kümmerten.

Berthold, Guntram und Gismar faßten sich an den Händen, sprangen im letzten Moment zur Seite, da rollte schon gewaltiger Donner an ihnen vorbei. Der tosende Sturm, den er als Anhängsel mit sich führte, drückte die drei mühelos an die glatte Wand der Höhle.
" Puuuh, das war knapp. Ich dachte schon bei mir, mein Lebtag endet im Augenblick."
Berthold, sichtlich erschöpft, schwer atmend, lehnte noch immer an der Wand, während Gismar und Guntram ihre Gefühlswelt schneller in den Griff bekamen.
Grad machten sich die beiden dran, die Verfolgung der donnernden Kugel aufzunehmen, da fiel Berthold ihnen in den Rücken, preßte sie mit eiserner Hand auf den Boden der Höhle.
Auch er selbst drückte sein Gesicht schützend nach unten. Seine Nase berührte die Kegelbahn, die - " ... Ist härter als alles, das mir bisher unter meine Füße kam und riechen tut die recht seltsam ... den Geruch kenne ich, nur will's mir nicht über meine Zunge gleiten, das Wort."
In diesem Augenblick donnerten gleich fünf Geschosse knapp an ihren Körpern vorüber, die den drei einfachen Leuten den Atem raubten und hernach waren die *Kugeln* kaum mehr zu zählen.

" Die nächsten beiden ... " Bertholds Stimme überschlug sich, sein Geist dem Wahnsinn nahe, wie die habgierige Seele den Reichtum mit irdischen Maßen nicht mehr erfassen konnte, " ... die nächste *Kugel mit zwei Sonnen,* die schnappen wir uns auf der Stell und anschließend machen wir uns auf die Suche nach ihrer Quell. Ich sage euch, wir werden niemals mehr jemals ein Tagwerk verrichten müssen in unserem Leben. Keine Stund auf Tag und Jahr wird schmutzig sein nicht Hand und Fuß noch Haar. "

Und wenn sie nicht von *den Kugeln mit zwei Sonnen* in Form dröhnender Lkw und rasender Pkw überrollt wurden, rennen die drei wackeren Gesellen noch heute zwischen den Pylonen ( *Verkehrsleitkegel* ) der Strassenmarkierer hin und her.

Auf der Autobahn, der A 14.
Mitten im Pfändertunnel.

Der unter dem Gebhardsberg hindurch führt.

## *Kein Ende*

## im Gelände ...

... denn - neuesten Gerüchten zufolge macht sich in diesen Tagen erneut eine unbekannte Anzahl Schatzsucher daran, den Pfänder von Norden her anzugraben.

Sind es die Schildermaler ?

Sind es die Schweden, die nach Jahrhunderten selbst nach dem Kegelspiel suchen ?

Eher schlicht und einfach fleißige Mineure, die den Bau der zweiten Röhre des Pfändertunnels in Angriff nehmen.

Behält der Mensch stets die schönen Zeiten in Erinnerung,
hat er in im Leben niemals
schlechte Erfahrungen
gemacht.

Wichtiger Hinweis :

Bei der Entstehung dieser Mär
hat keine Pylone Schaden genommen.

## Slán agus beannacht leat –
( Sloon ogus banok tliot )

## Alles Liebe möge Sie begleiten

Ihr Daniel F. Huddersfield

Erinn ( Èire ), Februar 2008

# *Kein Ende*
# im Gelände

Diese *sagenhafte* Erzählung ist ein Buchauszug der Reihe
TUE ES GLEICH

TUE ES GLEICH - BAND 2
DIE ERWEITERUNG

Erhältlich ab Herbst 2009
edition nove

Neckenmarkt

**Warten Sie ruhig darauf.**
**Es lohnt sich !**

Oder wie Paps kürzlich bemerkte :

**Ein Buch von *dir* ?**
**Das fehlt *grad noch* in meinem Regal !**

TUE ES GLEICH - BAND 2
DIE ERWEITERUNG